탈무드가 일러주는
치유와 힐링의 시간

탈무드가 일러주는

치유와 힐링의 시간

주원규 지음

마리북

탈무드 이야기는 이미 많이 소개되었다. 유대인들이 종교 경전을 해석한 내용과 그 종교 규칙을 실제 삶에서 실천하기 위한 방법론을 모은 모음집을 탈무드라고 하는 데는 이제 큰 이견이 없을 것이다. 아울러 앞서 나온 책《탈무드: 오늘 하루 첫 번째 날처럼 마지막 날처럼》에서 소개한 바 있듯이 탈무드는 소소한 일상에서 우리가 잊고 지나치기 쉬운 교훈을 담은 격언집이기도 하다. 단순히 유대인의 종교적 가르침을 담는 것을 넘어 삶의 철학과 소소한 일상의 지혜를 길어 올리는 우물과 같다고 할 수 있다. 여기서 우리가 주목할 사실이 있다. 지혜에는 딱 하나의 정답이 존재하지 않는다는 사실이다. 답이 하나가 아니라 여러 개 공존할 수 있다는 사실 때문에 탈무드가 낯설게 느껴지기도 한다.

답이 하나라는 건 어쩌면 우리가 살아가는 삶과는 가장 거리가 먼 이해하기 힘든 이야기일지도 모른다. 더욱이 이처럼 복잡한 삶을 꾸려 가며 지금을 살아가야 하는 우리에게는 더더욱 그렇다. 이제 '어떤 방식으로 살아라'라는 식으로 불변의 지혜를 제시하는 것은 우리 삶에 더는 맞지 않다. 탈무드의 정답은 하나가 아니다. 오히려 탈무드의 지혜는 우리 각자의 일상과 특별한 상황에 맞추어 적용할 수 있다.

이 책은 탈무드의 열린 특성, 끊임없이 계속되는 삶의 여러 복잡한 측면을 받아들일 수밖에 없는 인간의 감정 치유와 회복에 집중했다. 섣불리 답을 결정하지 않고, 그렇다고 우리의 복잡한 삶의 문제를 외면하지 않고 마주할 때, 우리는 비로소 각자 자신에게 주어진 삶을 희망의 이름으로 품을 수 있지 않을까.

이제 다시 '탈무드'의 시간이 돌아왔다. 바쁜 출근길이나 지친 몸을 이끌고 돌아가는 퇴근길, 또는 주말의 꿀맛 같은 커피 타임 때, 편한 마음으로 탈무드 속에 담긴 보석 같은 치유의 메시지에 귀 기울이길 희망한다.

2022년 1월 충무로 작업실에서
주원규

1부

—

복잡한 인간의 마음,
그리고 치유

두 척의
배

두 척의 배가 항만에 정박해 있었다. 배 한 척은 출항 채비를 마친 상태였고, 또 다른 한 척은 입항한 상태였다.

그런데 이상한 일이었다. 보통은 출항하는 배를 환송하는데, 입항한 배를 축하하는 것이 아닌가. 그 이유가 궁금했던 한 사람이 랍비에게 물었다.

"이게 어떻게 된 일이죠?"

랍비는 망설임 없이 답했다.

"오랜 항해를 끝내고 무사히 귀향한 배는 진정으로 기쁘게 영접해야 하니까요."

"오히려 출항하는 배를 격려하고 축하해 줘야 하는 거 아닙니까?"

"입항하는 배야말로 모든 역경을 뚫고 맡은 바 책임을 완수했으니 기쁜 마음으로 맞이해야지요."

축복은 특별한 순간에 찾아오는 것일까?

때론 행운이 벼락처럼 찾아온다고 느껴질 때가 있다. 사랑하는 사람을 만났을 때나 좋은 기회를 잡았을 때처럼 말이다. 그래서인지 축복은 하늘에서 갑자기 떨어진 우연 같다.

우리의 일상 역시 마찬가지이다. 우리는 일상 속에서 행운을 기대한다. 그 행운이나 축복은 일상과는 다른 대단한 것이어야 한다고 생각한다. 아니, 그렇다고 믿는다. 하지만 그 믿음의 대가가 무엇인지 생각해 볼 필요가 있다. 우리 인생의 시계를 거꾸로 돌려보자. 우리가 만난 행운, 축복은 과연 벼락처럼 찾아온 우연이었을까.

냉정하고 차분하게 지혜를 돌아보면 사실 우리가 원하는 축복은 사소한 일상에 있음을 알 수 있다. 하루하루, 때론 건조하고 아무런 변화도 없는 것처럼 느껴지는 일상 속에 축복은 켜켜이 쌓여 간다. 그렇지만 우리는 축복이라고 확신할 수 있는 대단히 황홀한 한순간을 기대한다. 그래서 특별한 순간이 곧 축복이라고 여기고, 그런 축복이 곧 우연이며 행운이라고 여겨왔던 것이다. 그랬기에 일상은 지루하고, 축복의 순간은 짜릿했다.

진정한 축복은 인간이 죽을 때에야 알 수 있다. 하지만 이젠 그 기준을 바꿔야 한다. 일상이 곧 축복이다. 아니, 축복을 경험할 수 있는 유일한 저장고와 같다.

찬란한 축복을 기대하며

특별한 순간에서 기쁨을 얻으려는 마음을 지금 과감히 버려라. 그리고 일상을 돌아보라. 우리의 일상, 보잘것없어 보여도 그 사이사이에 찬란한 빛이 살아 숨 쉬고 있지 않은가.

부호의 딸과
결혼을
약속한 남자

옛날에 막대한 부를 지닌 부호가 살았다. 그에게는 매우 지혜로운 딸이 하나 있었다.

어느 날 부호의 꿈에 딸이 나왔다. 결혼할 남자와 함께. 그런데 아버지의 마음은 다 그런 걸까. 부호는 딸과 결혼을 약속한 남자가 영 맘에 들지 않았다.

꿈에서 깨어난 부호는 딸이 결혼하는 게 정녕 하늘의 뜻인지 알고 싶었다. 그는 사람을 만날 수 없는 외진 별장으로 딸을 보냈다. 그리고 딸이 그 누구와도 접촉하지 못하게 했다. 별장 주위로 높은 담을 둘렀고, 경비원을 배치해 그곳으로 들어서는 사람이 없는

지 감시하도록 했다.

그때 한 방랑자가 홀로 들판을 헤매고 있었다. 부호가 꿈에서 보았던 딸과 결혼을 약속한 그 남자, 볼품없지만 따뜻한 인상을 지닌 그 남자였다. 그는 방황하다가 추위를 피하기 위해 죽은 사자의 사체 속으로 숨어들었다. 딱딱한 부리를 가진 큰 새가 이른 새벽, 죽은 사자를 낚아채어 물고는 힘차게 날갯짓했다. 하지만 죽은 사자의 사체가 영 무거웠던지 더는 버티지 못하고 떨어뜨리고 말았다. 그런데 우연일까, 아니면 필연일까. 그 사자를 떨어뜨린 곳이 바로 딸이 있는 외딴 별장이었다.

사람의 출입을 철저히 금지했지만 부호의 꿈속 그대로 딸과 남자는 사랑에 빠졌다.

우리는 우연의 힘을 믿고 싶어 한다

우리는 삶을 우연의 연속이라고 생각하거나 그렇게 믿고 싶어 한다. 그러나 사실 우리는 삶을 열심히 계획한다. 꽤나 치밀하게 계획하며 하루가 허투루 흘러가지 않길 바란다. 점점 첨단화되어 가는 사회, 그리고 모든 시스템이 견고해질수록 인간의 계획은 더 세련되고 정교해진다.

그렇다면 이렇게 삶을 정교하게 계획하는데도 삶이 우연으로 가득 차 있다고 믿고 싶어 하는 이유는 뭘까? 분명 그 믿음은 오류투성이일 텐데도 말이다.

이유는 의외로 단순하다. 우연의 힘을 믿고 싶은 것이다. 우리의 치밀한 계획과는 또 다르게 나타나는 우연의 필연성을 믿고 싶은 것이다.

지혜자는 이 믿음을 아예 내려놓지는 말되, 우연에 기대는 믿음에 중독되지 않아야 한다고 말한다. 삶은 정교하게 설계된 기계나 계산기가 아니다. 얼마든지 우연한 사건으로 가득할 수 있다. 그렇지만 모든 걸 우연에만 맡길 수는 없다. 우리가 계획하고 실행해왔던 것들이 하나둘씩 켜켜이 쌓이고, 그렇게 쌓인 결과물이 곧 우연처럼 보이는 필연의 결과로 우리를 찾아온다. 일상에서 만난 수많은 우연 중에는 우리의 노력이 낳은 필연 또한 있음을 깨달아야 한다.

내가 원하는 것을 모두 얻는 건 분명 세상의 이치가 아니다. 아니, 그러한 기대는 오히려 크지 않을지도. 하지만 하루하루 차곡차곡 쌓아가는 자신의 노력과 계획은 결코 배신하지 않는다. 우연으로는 설명할수 없는 필연의 힘을 믿어 보자.

우연처럼 다가온 행운조차 성실한 영혼의 몫이다

어느 날 갑자기 찾아온 행운조차도 매일 희망을 잃지 않고 충만한 삶을 기꺼이 꾸려 온 영혼의 차지라는 진리를 잊지 말자.

후회 가득한
랍비

병들어 허약해진 랍비가 있었다. 젊은 시절에 그는 총명하고 지혜
가 넘쳤다. 하지만 어느덧 총명함과 지혜는 모두 사라지고, 그저
병과 허약함만이 남아 있었다.

　랍비는 눈이 멀어 앞이 보이지 않았다. 사지는 마비되었고, 온몸
에 욕창이 퍼져 진물이 흘러내렸다. 그런 그의 유일한 치료 도구는
의자였다. 그는 의자에 앉아 두 발을 물에 담가 더딘 치료를 지속
했다.

　그러던 어느 날, 그의 의자가 거실이 아닌 방에 놓여 있는 걸 랍
비의 친구가 발견했다. 친구는 의자의 위치를 옮겨 주려 했지만 랍

비가 말리며 말했다.

"먼저 가구를 밖으로 뺀 뒤에 의자를 옮겨야 해."

"아니, 왜 그래야 하는데?"

"내 의자가 방 안에 있어야 방이 무너지지 않을 테니까."

친구는 의아했지만 가구를 먼저 옮긴 뒤 의자를 옮겼다. 그러자 의자를 옮긴 직후 랍비의 말대로 방이 무너져 내렸다. 친구가 고개를 갸웃하며 물었다.

"자네처럼 지혜롭고 예지력이 강한 친구가 어째서 자기 몸에 생긴 질병, 육체의 고통은 치유하지 못하는 건가? 난 도저히 이해할 수가 없어."

그 말에 랍비가 짧은 한숨을 내쉬었다. 과거를 회고하는 그의 눈빛에는 깊은 후회가 묻어 있었다.

"내가 자초한 거야."

"그게 무슨 말이야? 뭘 자초했다는 건가?"

"예전에 당나귀들에 음료수와 양식을 가득 싣고 여행을 한 적이 있네. 그때 한 거지를 만났는데 먹을 것을 달라고 하더군. 난 그에게 당나귀에서 물과 먹을 것을 내릴 때까지 기다리라고 했어."

"그게 뭐…… 잘못된 건가?"

"잘못되었지. 그 말과 함께 고개를 돌렸을 때, 거지는 죽고 말았거든. 그때 내 마음은 이렇게 말하고 있었네."

"뭐라고 말인가?"

"내 눈이 당신의 가난을 보지 못했으니 앞을 보지 못하게 될 것이요, 내 손이 당신의 가난을 돕지 못했으니 잘리게 될 것이며, 내 두 다리가 당신의 가난을 재빠르게 해결하지 못했으니 이 역시 잘리게 될 거라고 말이야."

생각과 실천은 다르지 않다

생각과 실천을 다르게 보는 사람들이 있다. 그건 잘못된 견해이다. 생각하고 판단한다는 말에는 이미 그 생각을 현실로 옮긴다는 뜻이 포함되어 있기 때문이다.

우리는 "신중히 생각하고 결정하자"라는 말을 좋아한다. 그 말도 일리는 있다. 성급한 행동이 의외의 결과를 낳기도 하니 말이다. 하지만 신중히 생각한다는 것을 왜곡하거나 악용해서는 안 된다. 어떤 결정을 해야 하는 상황에서 신중하다는 건 생각만 하고 실천하지 않는다는 뜻이 아니라는 것을 유념해야 한다. 생각한다는 건 반드시 그 생각을 실천한다는 걸 뜻하니 말이다.

그래서 지혜자는 생각과 실천이 하나로 합쳐지는 순간까지 성장한다.

지금, 신중히 실행하자

신중히 생각하는 태도는 칭찬해 줄 만하다. 하지만 지금 바로 실천하는 건 더 칭찬해 줘야 마땅하다. 무엇보다 지금 바로 신중히 실천하는 이는 아무리 칭찬해도 지나치지 않다.

아버지의
뒤를 이은
랍비

랍비 아버지를 둔 남자가 있었다. 그는 모든 면에서 뛰어났고, 평범한 행동 속에도 뿌리 깊은 지혜와 명철함을 갖고 있었다. 그런 그가 아버지의 뒤를 이어 랍비의 반열에 올랐다.

그 부자를 알고 있는 사람들은 생각했다. 아들이 아버지의 현명함과 지혜를 닮아 랍비가 되었다고. 사람들은 젊은 랍비에게도 숱하게 말했다.

"아버지를 닮아서 정말 지혜롭고 총명하군요."

그 말을 귀에 못이 박힐 정도로 들은 젊은 랍비는 의외의 답을 했다.

"저는 아버지를 전혀 닮지 않았습니다."

"그게 무슨 말이오? 아버지를 닮지 않았다니. 당신은 지금 아버지가 물려준 신체와 정신의 소중한 유산을 부정하는 겁니까?"

"아니요. 그 반대입니다."

"반대라니요?"

"전 아버지를 닮지 않았기에 아버지를 빼닮은 것입니다."

"닮지 않았기에 닮았다고? 그게 무슨 모순되는 말입니까?"

하지만 사람들은 젊은 랍비의 다음 말을 듣는 순간 그 말에 담긴 뜻을 이해할 수 있었다.

"아버지는 그 어떤 일에도 창의성을 잃지 않았습니다. 그 어떤 말, 문장, 가르침도 다른 이의 것을 모방하지 않았죠. 저 역시 아버지의 어떠한 가르침이나 지혜도 모방하지 않았습니다. 앞으로도 그럴 겁니다. 그런 점에서 전 아버지를 닮았습니다. 아버지와 하나도 닮은 게 없어서요."

나 자신을 사랑할 수 있는 용기

스스로에게 물어보자. 나에게 가장 훌륭한 멘토는 누구일까. 다른 누구도 아닌 바로 나 자신이다. 나 자신이 스스로에게 스승이자 멘토이고, 사랑해야 할 돌봄의 대상이고, 성장해야 할 소중한

존재인 것이다.

나 자신을 아끼는 걸 이기적이라고 생각하는 사람들이 있다. 물론 그럴 수 있다. 자기 자신만 위하다가 타인을 돌아보는 걸 소홀히 할 수도 있다. 하지만 지혜의 본질을 들여다보면 나 자신을 위하고 아낀다는 건, 동시에 타인도 자기 자신만큼 아끼고 위해 줄 수 있다는 반증이 되기도 한다. 자기 자신을 믿지 못하고 사랑하지 않는다면 어떻게 다른 사람을 아끼고 사랑할 수 있겠는가. 자기 자신에게서 튀어 오르는 전무후무한 창의력에 스스로 제약을 가하고 억압하면서 어떻게 다른 사람, 다른 조직과 동반하는 성장을 기대할 수 있단 말인가.

이기심과 자기 자신을 소중히 여기는 마음은 분명 구별해야 한다. 그리고 그것을 발판 삼아 '나'에 대해 철저하게 성찰해야 할 때가 있다. 바로 '나'를 구성하는 요소가 온전한 '나'가 아니라 자신의 학벌과 가문, 재산이라고 생각될 때이다.

여기서 지혜자가 말하는 사랑해야 할 '나'는 학벌, 가문, 재산으로 규정된 '나'가 아니다. 아니, 그건 엄밀히 말해 참된 '나'가 아니다. 누군가의 시선, 누군가의 대우로 떠받들어진 '나'를 누가 참된 '나'로 사랑해 줄 수 있을까.

있는 그대로 자기 자신을 신뢰할 수 있는 용기. 학벌, 가문, 재산이라는 기준이 아닌, 온전히 나 자신을 사랑할 수 있는 용기. 그 용기가 곧 지혜다.

나를 배신하지 않는 '나'를 찾자

누군가가 인정하는 '나'를 찾지 말자. 갑작스런 위기가 닥쳐도 흔들림 없이 나를 긍정할 수 있는 나 자신을 찾아 나서자. '나'는 결코 나를 배신하지 않는다.

두 개의
심장

우리는 모두 하나의 심장을 가지고 있다. 그런데 만약 심장이 두 개라면 어떤 심장을 진짜라고 규정할 수 있을까.

　스승에게 이 질문을 받은 랍비는 답을 곰곰이 생각했다. 하지만 두 개의 심장 중 진짜를 규정할 수 있는 방법이 떠오르지 않았다. 답이 무엇인지 몹시 궁금해하는 랍비에게 스승은 태연하게 답했다.

　"고통을 느낄 때나 숨을 쉴 수 없는 환경에 처했을 때를 보면 알 수 있네. 어느 쪽이 진짜 심장인지."

　"그게 무슨 뜻입니까?"

"엄청난 고통을 느낄 때, 다른 심장이 뛰지 못하고 아파하는 걸 보고 함께 아파한다면 그게 바로 진짜 심장이야. 그리고."

"그리고요?"

"함께 아파하지 않는다면 그 심장은 진짜 살아 숨 쉬는 심장이 아니지."

자신의 경험에 비춘 일방적인 공감이 아니기를

공감의 힘이 얼마나 큰지는 새삼 말하지 않아도 알 것이다. 우리가 살아가고 있는 지금 사회에서 공감 혹은 공감력을 배우려는 사회적인 분위기나 감수성이 높아진 것은 사실이다. 하지만 참된 공감이 무엇인지는 정확히 모르는 듯하다. 여전히 자기주장이나 자기 견해를 앞세울 뿐이다.

솔직히 말해 보자. 자기 자신의 경험에 비춘 일방적인 공감을 참된 공감이라고 할 수 있을까. 그건 공감이 아니라 동정이거나 일방적인 자기애일 것이다. 예컨대 '나'의 기준에서 '너'라는 타인이 가난해 보인다고 가정해 보자. 그럼, 나는 너를 불쌍히 여기고 가난에서 벗어날 수 있도록 도움의 손길을 내밀지도 모른다. 그리고 너의 마음에 공감했다고 말할지도 모른다. 하지만 이건 공감이 아니다. '너'라는 타인이 가난하다고 규정한 기준이 온전히 나의 기준이라면 그게 어떻게 공감이 될 수 있겠는가. 한 번이라도 '너'에게 "너는 지금 경제적 도움이 필요하니?"라고 물은 다음 '너'의 가난에 대해 생각해 보는 것, 내가 느끼는 감정만큼 너도 느끼는지를 언제나 꾸준히 인내심을 갖고 알아보는 것, 바로 그것이 공감이다. 이 공감의 주파수가 맞을 때에야 지혜자의 말처럼 두 개의 심장이 하나라는 동질감을 갖고 뛰게 될 것이다.

힘든 영혼이 바로 우리 자신의 거울이다

누군가 내 옆에 지쳐 쓰러져 있다면, 절대 그냥 지나쳐서는 안 된다. 쓰러진 자에게 손을 뻗어 힘든 영혼을 일으켜 세워야만 한다. 힘들고 낙심한 그 영혼이 바로 우리 자신의 거울이기 때문이다.

남자의
인생

어느 랍비가 인간의 삶을 꾸준히 성찰해 왔다. 그에 따르면 사람들은 누구나 각자의 경험과 살아온 환경에 따라 다른 답을 구했다. 삶을 규정하는 모습 또한 다양했다. 그 다양함 속에서도 한 가지 공통점이 있었다. 인간의 인생, 그중에서도 남자의 인생은 하나의 사이클을 갖고 있다는 것이었다.

그 사이클에 비춰 보면, 남자는 태어날 때 누구에게나 대우를 받으며 기대와 희망에 찬 모습으로 살아간다. 남자는 점점 나이가 들면서 차오르는 자신감을 억제하지 못하며 자신의 힘, 능력, 재능을 과시하고자 늘 적당히 흥분된 상태로 살아간다. 그러다가 결혼을 하면 그 흥분된 활력이 가족이라는 무거운 짐과 함께 급격히 소모되기 시작한다.

나이가 들면서 남자는 초기의 활력을 잃어버리고, 살아가기 위해 다른 사람들에게 도움을 구걸하기에 이른다. 그렇게 일생을 지내고 나면 남자는 처음 태어났을 때처럼 어린아이가 된다. 하지만 그 어린아이가 바라본 세상은 활력이 넘치지도, 신나지도 않은 상태로 전락하고 만다. 어린아이와 다름없지만, 아무도 관심 갖지 않는 단계로 접어든 것이다.

어린아이의 순수함을 생각해 보라

성 갈등이 그 어느 때보다 화제가 되는 세상이다. 우리는 차별을 극복하고 편견의 장벽을 부수기 위해 때론 갈등하고 때론 조율하면서 제도나 인식을 개선하고자 노력한다. 하지만 자신의 성별에서 한 걸음 물러서서 보면 남녀 구분 없이 사실은 같은 본능을 갖고 있음을 부정하기 어렵다.

남성, 여성을 막론하고 모든 인간은 성장한다. 신체적 성장만큼이나 사회적인 관계도 함께 성장한다. 사회적인 관계를 지향하고 자신이 목적한 바를 진취적으로 성취하고자 하는 마음가짐은 모든 인간이 지니고 있는 건강한 본능인지도 모른다. 탈무드의 지혜에서는 이를 남자의 본능이라 말하지만 사실 이건 남녀의 구분을 넘어 인간 모두가 가진 본능일 것이다.

하지만 이 본능에는 한계점이 분명히 존재한다. 나이가 들어 신체 활동 능력이 점점 떨어질수록 인간은 자신의 본능이나 욕구를 원하는 대로 채울 수 없음을 경험하게 된다. 예전과 다르게 변한 자신을 인정하지 못하고 점점 박탈감과 우울감을 느끼게 된다. 그러면서 노인은 아무것도 할 수 없다는 좌절감을 가득 안은 채 점점 어린아이가 된다.

이 경우 지혜자는 우리에게 어린아이의 순수함을 생각해 보라고 권한다. 그 순수함은 단지 아무것도 몰라서 찾아오는 순수의 감정만이 아니다. 경쟁하고, 성취하고, 해내야 한다는 마음을 내려놓고 어린아이의 마음으로 자신을 들여다보라. 남성, 여성 구분 없이, 노인과 청년의 구분 없이 인간 그 자체로 자신을 들여다볼 때, 비로소 순수가 한없이 투명하게 느껴질지도.

순수는 어리석지 않다

순수는 어리석은 감정이 아니다. 하지만 요즘 순수를 시대착오

적으로 보는 이들이 많아졌다. 순수를 어리석고 약하다고 생각하는 사람은 참된 순수를 알지 못하는 이들이다. 인간을 인간 그 자체로 신뢰하지 못하는 것이다.

강한
인간

랍비가 되기 위해 고된 수업과 수행을 계속하는 이들이 있었다. 바로 랍비의 수업을 듣는 제자들이었다. 그들은 하루에도 많은 책을 읽고, 오랜 시간 동안 토론하며 진정한 지혜를 얻고자 듣고 보고 또 공부했다. 그러다가 지쳐서 모든 것을 포기하고 돌아서는 제자들도 상당했다. 수행의 길은 그만큼 멀고 험했다. 그런 제자들에게 한 랍비는 얄밉게 말하곤 했다.

"랍비가 되는 길은 너무나 쉽고 편해. 세상의 그 어떤 직업보다도 더 간단히 랍비가 될 수 있지."

제자들은 그의 말에 동의하지 않았다. 아니, 동의할 수 없었다.

그래서 그에게 물었다.

"그게 과연 가능하다고 생각하십니까. 보세요, 랍비여. 우린 하루하루가 지옥이고 전쟁 같습니다."

랍비가 힘든 현실을 토로하는 제자에게 물었다.

"그렇다면 이토록 힘든 지옥이 펼쳐지는 가장 큰 이유가 뭐라고 생각하나?"

"글쎄요. 그건……."

"바로 마음이야."

마음이란 말 앞에 랍비도, 제자들도 순간적으로 침묵했다. 랍비가 제자들을 둘러보며 말했다.

"인생은 우리의 마음으로 결정되지. 마음은 보고, 듣고, 걷고, 서고, 기뻐하고, 슬퍼하고, 화내고, 무서워하고, 설득하고, 증오하고, 사랑하고, 사색하고, 반성해. 이게 마음이지."

"……."

"그러므로 네 마음을 중요하게 여기고 조절할 수만 있다면, 그가 세상에서 가장 강한 인간이라고 할 수 있어."

"……."

"이렇듯 강한 인간의 원리만 알면 누구나 랍비가 될 수 있지."

마음의 소리에 편견 없이 귀를 여는 자

마음의 중요성은 어느 시대에나 늘 강조해 온 부분이다. 그런데도 여전히 그 실체를 알 수 없는 게 마음이다. 마음은 어떻게 생겼고, 마음은 어떤 것인지…….

마음이란 개념은 더없이 추상적이거나 모호할 때가 많다. 마음은 우리의 감정을 좌우하는 플랫폼이 되기도 하고, 무언가 중요한 결단을 내릴 때 판단의 기준이 되기도 한다. 이성과 감성의 종합적인 활동이 일어나는 장소를 마음으로 보는 경우인데, 이 답은 때론 정답처럼 보이지만 안타깝게도 오답인 경우가 허다하다. 왜 오답일까. 마음은 시시각각 변하는 환경에 적응하며 나타나기 때문이다.

마음을 한 가지 상태로 결정하지 말자. 우리 각자의 마음속에는 변하지 않는 가치가 분명 있겠지만, 그 가치를 시시각각 변하는 상황에 기계적으로 맞추려 하지 말자. 마음은 변화하는 세상에 적응할 수 있도록 우리를 도와주는 완충 지대와 같다. 감정이 상했을 때, 결정해야 하는 순간을 마주할 때, 우리는 마음의 소리를 들어야 한다. 하나의 원칙만을 고집하며 자기 자신에게 강요하는 마음의 소리가 아니라, 스스로를 위로하며 변화하는 상황을 자신에게 설명하고 납득하도록 설득하는 마음의 소리 말이다.

정말 강한 인간은 마음의 소리에 편견 없이 귀를 여는 자이다. 그러니 내 마음과 소통하는 법부터 배우도록 하자.

자신의 내면에서 울리는 소리를 들어라

아무리 어렵고 난처한 상황이더라도 자기 자신을 믿고 자신의 내면에서 울리는 소리를 들어 보자. 그 소리가 우리에게 진짜 가야 할 길을 알려줄 것이다.

너 자신을
알라

랍비와 한 제자가 어느 마을을 걷고 있었다. 그 마을에는 가난하고 생활이 어려운 사람이 많아 보였다. 마을을 가로지르는 길을 걷다가 문득 랍비가 제자에게 물었다.

"이 마을 사람들을 좀 관찰했는가?"

"네. 본의 아니게 유심히 보게 되었습니다."

"뭘 느꼈나?"

"모두 표정이 어둡고, 무엇보다 힘들어 보였습니다."

"그들의 어둡고 힘든 표정을 본 순간, 어떤 감정을 느꼈지?"

순간 제자가 답을 망설였다.

"괜찮아. 편하게 말해도 된다네."

스승의 말에 제자가 답했다.

"솔직히 말해서 저는 저들과 다르게 어둡지도 않고 힘들지도 않아서 안심이 되었습니다."

"자네, 그 답이 모순이란 건 알고 있나?"

"네?"

"저들보다 힘들지 않다고 생각한 그 마음은 거짓이야."

"그게 무슨……?"

"'난 저들보다 힘들지 않다'고 비교한 순간, 자네는 이미 저들보다 훨씬 더 어둡고 힘든 상태인 거니까."

두 갈래의 마음

누구에게나 마음이 있다. 인간의 마음은 추상적이지만, 그 마음이라는 곳에서 우리는 감정을 조절하고 생각과 표현을 전개해 나간다. 이 마음에는 두 갈래가 있다. 하나는 마음의 가변성이고, 또 하나는 마음의 불변성이다.

마음의 가변성은 다른 이들 또는 외부의 사건, 상황, 감정을 통해 내 마음의 지도를 그리는 경우를 말한다. 그래서 마음의 가변성은 늘 상대적이며 수동적이다. 이때 마음은 타인의 불행을 보았을 때 같이 공감하며 공감대를 형성하기보다는 내가 불행하지 않은 것에 안심하기에 급급하다. 이것이 마음의 가변성이 가진 함정이다.

마음의 불변성은 다르다. 마음의 불변성은 불행이라는 그 감정 혹은 그 상황에 집중한다. 이때 타인의 불행은 곧 나의 불행처럼 여겨진다. '얼마나 아팠을까', '얼마나 힘들었을까' 하는 마음을 품으며 같이 아파한다. 진정한 공감대가 형성되는 것이다.

이 마음의 두 갈래는 부정해서는 안 될뿐더러 부정할 수도 없다. 인생은 늘 상대적이며, 외부 요소로 좌우되기 때문이다. 요점은 치우치지 않는 것이다. 가변성과 불변성을 늘 적절히 조율하며 삶을 살아가는 것. 그것이 내 마음을 지키는 지름길이다.

너 아니면 나라는 기준에서 벗어나라

누군가의 편을 전적으로 들어주었을 때 다른 이가 더욱 난처해진다면 누구의 편도 들지 마라. 둘 모두에게 비난을 받을지언정 타인을 고통에 빠뜨리지 말자.

복수와
증오 사이

한 마을에서 비극이 일어났다. 랍비 학교에서 이 비극에 대한 이야기를 나누었다. 그 이야기를 들어 보자.

한 남자가 친구에게 칼을 빌려 달라고 부탁했다. 그런데 친구는 단번에 그 부탁을 거절했다. 그렇게 며칠이 지났고, 이번에는 반대로 부탁을 거절했던 친구가 남자에게 찾아와 한 가지 부탁을 했다.

"당나귀를 좀 빌려줄 수 있겠나."

하지만 남자의 답은 이전에 칼을 빌려주지 않겠던 친구의 답처럼 냉정하고 단호했다.

"자네한테 내가 칼을 빌려 달라고 했을 때를 기억해? 자네는 빌려주지 않았지. 그러니 나도 자네한테 당나귀를 빌려줄 수 없어."

그러고 나서 며칠 뒤, 두 친구는 심한 말다툼 끝에 비극적인 죽음을 맞이하고 말았다.

이 이야기를 들려준 다음, 랍비는 제자들을 보며 한 가지 질문을 던졌다.

"만약 남자가 이렇게 말했으면 어땠을까?"

"뭐라고 말입니까?"

"너는 내가 칼을 빌려 달라고 했을 때 빌려주지 않았어. 하지만 난 지금 자네에게 당나귀를 빌려주겠네."

완벽한 거래란 존재하지 않는다

복수는 거래라는 다른 이름으로 불리기도 한다. 사람이 사는 세상은 모든 게 거래로 이루어진다. 기브 앤 테이크와 같이, 내가 누군가에게 무언가를 제공받았다면 언젠가는 그 사람에게 그만큼 돌려줘야만 관계가 돈독해지는 세상이 되어버린 것이다. 이는 얼핏 보면 정당해 보인다. 받은 만큼 돌려주고, 베푼 다음 돌려받는 게 뭐가 나쁘단 말인가. 하지만 여기에는 한 가지 중요한 요소가 빠져 있다. 받은 만큼 돌려준다고 했을 때, 과연 처음에 받은 만큼 상대방에게 정확히 돌려줄 수 있느냐는 것이다.

　우리는 돈이라는 화폐로 거래를 한다. 하지만 화폐를 매개로 하는 거래에서조차 완벽한 주고받음은 있을 수 없다. 정확하게 주고받는다고 하지만 늘 균형은 깨지기 마련이다. 어떤 물건을 거래한다고 해 보자. 물건을 파는 사람은 자신이 파는 물건이 매우 가치 있다고 생각해 조금이라도 더 높은 가격에 팔려고 할 것이다. 반면 물건을 사는 사람은 그 물건이 설사 가치 있다 하더라도 조금이라도 더 싼 가격에 사고 싶어 한다. 우리가 거래를 할 때 한쪽이 어느 한쪽보다 불만족을 호소하는 이런 광경은 흔하게 볼 수 있다. 이렇듯 완벽한 주고받음의 균형이 깨진 채 계속 불균형이 쌓이다 보면 마음에 앙금이 남고, 그 앙금이 쌓이고 쌓이다 보면 증오의 감정이 가득한 복수나 보복을 잉태하기 마련이다.

　이렇게 되풀이되는 악순환의 고리를 끊을 수 있는 방법은 무엇일까. 탈무드의 지혜는 완벽한 주고받음이란 존재하지 않는다는 사실을 기꺼이 받아들일 것을 요구한다. 내가 원하는 만큼 받지 못했다고 해서 나도 상대가 원하는 것을 제공하지 않는 관계에서 벗어날 때 변화는 일어난다. 보복과 증오의 원인인 완벽할 수 없는 거래를 인정하는 자세가 필요하다. 때론 내가 손해를 보거나 개운치 못한 뒷맛이 남더라도, 내가 한 발자국 정도 양보해 상대에게 여백을 남기자. 우리도 의식하지 못한 사이에 쌓이는 복수와 증오라는 감정의 앙금을 덜어낼 수 있을 것이다.

한발 물러서도 괜찮아

한발 물러선다고 해서 손해를 본다거나 졌다고 생각하지 말자. 팽팽한 균형을 유지하려는 줄다리기 자체가 우리 삶의 참된 행복을 가로막는다. 물러서고 난 뒤에야 보이는 여백이 더 아름답고 알차다는 걸 잊지 말자.

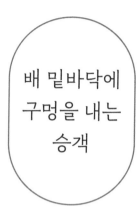

배 밑바닥에
구멍을 내는
승객

많은 인원이 탈 수 있는 배가 있었다. 그 배에는 여행보다는 생계를
잇기 위해 타는 사람이 많았다. 배에 탄 모든 승객은 각자 적당한
값을 지불하고 승선했다. 그렇기에 그들은 배의 편의시설을 이용할
수 있었다. 물론 허용된 범위 내에서 사용할 수 있는 권리였다.

　항해가 막바지에 다다랐을 때였다. 한 남자의 느닷없는 행동이
주위 승객들의 시선을 끌었다. 그는 배 밑바닥에 구멍을 내고 있
었다. 처음에는 대수롭지 않게 바라보던 다른 승객들은 점차 두려
움과 우려의 시선을 보냈다. 그는 아예 작심한 듯 칼까지 준비해
왔다.

시간이 지나도 남자가 멈출 생각을 않자 놀란 사람들이 그를 말리기 시작했다. 그런데 남자의 답이 가관이었다. 그는 전혀 문제될 게 없다는 듯이 말했다.

"나는 정당한 비용을 내고 배에 탔습니다. 그러니 내 맘대로 하겠다는데 무슨 상관입니까? 뭘 하든 내 자유입니다."

남자가 지극히 당연하다는 듯 태연하게 말했지만 사람들은 그냥 넘어갈 수 없었다. 남자를 말려야 했다. 하지만 안타깝게도 이미 늦었다. 결국 배에 구멍이 뚫렸고, 처음에는 작은 물줄기가 스며들더니 급기야 배는 침몰했다. 결국 남자를 포함해 배에 탄 모든 이가 죽음을 맞이하고 말았다.

나의 자유에 누군가의 희생이나 불편함이 따를지도

"자유에는 반드시 책임이 뒤따른다." 상식이 된 명제이지만, 우리는 이 명제를 종종 잊어버린다.

먼저, 여기서 말하는 자유가 무엇인지 정확히 이해할 필요가 있다. 자유는 매우 폭넓은 개념이다. 개념의 범위가 넓은 만큼 자유는 주관적이기도 하다. 하지만 대체로 우리가 말하는 자유는 자기감정이 편하고 수월한 상태를 가리킨다. 자신이 원하거나 편안한 상태를 유지하기 위해 벌이는 일련의 행위를 우리는 자유 혹은 자유로움이라고 부른다. 만약 이것이 자유의 정의가 맞다면 이 자유로운 행위에는 반드시 책임과 배려가 뒷받침되어야 한다. 왜냐하면 내가 원하고 편안한 방향으로만 행동한다면 다른 누군가는 불편을 감수해야 할지도 모르기 때문이다.

아주 가까운 사람조차 내가 원하는 대로만 해줄 수는 없다. 아무리 가까운 부부 사이라 해도 남편이 원하는 만큼 자유롭게 지내고 있다면, 아내는 속으로 어느 정도 희생을 감수하거나 불편을 느끼고 있을지도 모른다. 그렇기에 우리가 추구하는 자유에는 반드시 책임이 뒤따라야 하는데, 이 책임은 주로 배려로 나타난다.

내가 혹시 나의 자유를 추구하면서 다른 이의 감정이나 상황을 나쁘게 하지는 않았는지 돌아보는 살핌, 여기서부터 배려가 시작된다. 또한, 이 배려를 통해 우리는 자신의 자유가 또 다른 의미에서는 폭력이 될 수도 있다는 사실을 깨닫게 된다. 그 깨달음이 새로운 형태의 자유로움을 바라보게 한다. 나 혼자만의 편함을 추구하는 자유가 아닌 나와 너, 우리가 함께 편해질 수 있는, 처음부터 배려가 스며들어 있는 자유를 추구해야 한다는 사실을 말이다.

행복해지기 위한 자유를 추구하라

　진정한 자유는 정직하게 행복을 추구하는 것이다. 그리고 행복은 내가 사랑하는 사람들이 함께 기뻐할 때 얻게 되는 가치다. 그러므로 자유는 책임감을 갖고 애써 일궈 나가야 한다.

랍비의
강연

화술이 좋아 강연을 잘하기로 소문난 랍비가 있었다. 한 주의 마지막 날 밤마다 열리는 그의 강연에는 청중이 구름 떼 처럼 모여들었다. 그에 힘입어 랍비는 매번 더 감동적인 강연을 이어갔다.

그런 랍비의 강연을 매주 빠지지 않고 듣던 한 여자가 있었다. 주로 저녁에 강연을 했기에 저녁 식사를 미리 준비해야 해서 분주하고 번거로웠지만, 여자는 랍비의 강연을 즐겨 들었다.

그러던 어느 날, 강연이 좀 늦게 끝나 여자는 집에 늦게 도착했다. 여자를 기다리던 남편은 랍비의 강연을 듣고 온 아내에게 불같이 화를 냈다.

"랍비는 무슨 랍비! 사는 데 아무 쓸모없는 가르침을 좇아서 뭘 어쩌자는 거야. 다시 가서 랍비의 얼굴에 침을 뱉고 한바탕 욕이나 해 주고 와! 안 그러면 집에 발 들여놓을 엄두도 내지 말고. 내 말무슨 뜻인지 알아들어?"

이건 불화의 시작일 뿐이었다. 남편은 이미 오래전부터 아내가 집안일을 등한시했다며 여자에게 못마땅한 마음을 드러냈다. 그때문에 부부 관계는 점점 더 악화되었고, 이 소식을 들은 랍비는 큰 모순을 느꼈다.

시간이 흐른 뒤 여자는 남편과의 갈등을 무릅쓰고 다시 랍비의 강연을 찾았다. 그때 랍비는 자신이 눈병에 걸렸다고 말하며 여자에게 한 가지 부탁을 했다.

"다른 사람의 침으로 씻으면 눈병이 치료된다는 말을 들었소. 그러니 부인이 내 눈에 침을 뱉어 줬으면 좋겠소."

그건 분명 무례한 행동이었다. 하지만 여자는 랍비의 얼굴에 침을 뱉었고, 랍비의 얼굴에 침을 뱉으라고 했던 남편의 분노도 그 덕분에 가라앉았다.

여자의 무례한 행동을 이해하지 못하던 제자들에게 랍비는 말했다.

"때론 한 가정의 평화가 천 마디, 만 마디 지혜의 말보다 더 소중할 때가 있지."

일어난 일을 어떻게 받아들이느냐

이 이야기는 랍비가 자신을 희생하여 한 가정의 평화를 지켰다는 메시지를 담고 있다. 다시 말해 이 탈무드 지혜의 핵심은 박대하는 남편과 이를 넘어서고자 노력하는 아내에게 있는 것이 아니라 오히려 랍비에게 있다고 볼 수 있다.

랍비는 자신에게 침을 뱉으라고 말함으로써 남편과 아내, 둘 다에게 가정의 평화를 지킬 수 있는 실마리를 주었다. 얼핏 보면 해결책이라고도 볼 수 있다. 하지만 엄밀히 따지면 참된 해결책은 아니다. 비록 선의라고는 하지만 거짓말이기 때문이다. 또한, 이는 지극히 남편 입장에서의 해결책이라고 봐야 한다. 남편은 침을 뱉는 행동을 보고서 감정을 다스렸지만, 지혜자는 더 깊이 들여다 보라고 요구한다. 랍비가 자신의 강의를 좋아하는 여자에게 자신의 얼굴에 침을 뱉으라고 말한 대담함이 어디에서 왔는지 생각해 보라고. 랍비의 대담함은 오랜 지혜의 수련으로 얻은 깨달음에서 오는 것일까. 단지 그뿐만은 아닐 것이다.

랍비의 대담함은 일어난 일을 어떻게 받아들이느냐에서 온다. 즉, 어떤 마음가짐으로 상황을 이해하느냐에 따라서 자신에게 불리할 수도, 유리할 수도 있는 것이다. 마음의 줄기, 그 깊은 내면을 들여다보는 일이 항상 중요한 이유가 여기에 있다.

최대한 객관적이고 신중하게

같은 현상, 같은 상황을 바라보더라도 최대한 객관적이고 신중하게 결정하는 태도로 바라봐야 한다. 현상에서 마음으로 녹아 스며드는 과정은 꽤 깊고 넓으므로.

낭비하는
것의
해악

악의, 타인을 힘들게 만드는 충동도 그 근원을 따지고 보면 태어날 때부터 품고 있는 인간 본성의 하나인지도 모른다. 자연에서 볼 수 있는 약육강식의 현실도 그렇지 않은가. 성욕이나 식욕 역시 마찬가지다. 뭔가를 먹고 싶은 욕구, 에로스적 감정에 관심을 갖고 성관계를 하고 싶다고 느끼는 충동 또한 자연의 이치와 같은 본성에 기운 감정일 뿐이다.

숱한 자연적, 인간적 본성에서 나오는 충동은 철저히 중립적이다. 단지 인간이 그것을 남용하고 멋대로 소비하면서부터 진짜 해악이 시작되었을 뿐이다.

자연적 충동을 적절하게 사용하고 본성을 다스리는 절제력을 가져야만 한다. 절제하지 않는다면 우리 스스로의 생명을 결코 지킬 수 없다.

자유는 절제에 있는지도 모른다

우리는 흔히 자유의 감정, 자유로운 상태에 대해 착각한다. 어쩌면 그건 착각보다 착시에 가까울 수 있다. 우리가 생각하는 자유는 절제의 개념과는 거리가 멀다. 오히려 방종이란 개념에 좀 더 가깝다. 억압하거나 짓누르던 것으로부터의 자유, 불편하고 부담스러운 것에서 벗어남을 뜻한다고 보는 것이다. 그렇기에 우리는 '자유'를 '무엇으로부터 벗어나 자기 마음대로 할 수 있는 상태'라고 믿는다.

하지만 지혜자는 우리에게 진짜 자유의 감정에 대해 진지하게 생각해 볼 것을 요구한다. 그러면서 우리에게 착시를 일으킨, 기존에 알고 있던 자유를 의심하게 만든다. 우리가 생각하는 자유는 무엇으로부터의 벗어남인데, 과연 그 벗어남이 진정한 자유일까.

벗어나고 싶다는 것은 규칙, 제약, 주어진 것을 거부하거나 더 좋은 것을 원한다는 뜻이다. 그 갈망은 소유에 대한 집착으로 발전한다. 결국 벗어나고 싶다는 말은 더 많은 것을 소유하고 싶다는 갈망의 다른 표현이라고 볼 수 있다. 그렇기에 벗어남을 추구하다가는 넓은 의미에서 소유욕과 집착에 붙들리게 될 위험이 크다. 지금의 상황에서 벗어나 더 큰 것을 이루고 싶고 갖고 싶은 욕망이 있다면 그저 욕망으로만 생각하면 될 일이다.

이는 자유가 아님을 깨달아야 한다. 왜 그럴까? 욕망을 자유로 착각하면 소유욕을 자신의 자유라고 믿고, 변하지 않는 선한 가치인 자유를 얻으려 애쓸 것이기 때문이다. 애쓰면 애쓸수록 깊고 견고한 덫에 빠지는 줄도 모른 채 말이다.

반대로 자유는 절제에 있는지도 모른다. 절제는 우리에게 더 나은 것, 더 원하는 것을 갈망하게 하는 게 아니라 지금에 만족하는 기쁨을 가져다주기 때문이다. 지금에 만족하는 것과 안주하는 건 차원이 다르다. 상황을 늘 벗어나야 한다고 생각하는 잘못된 자유의 개념을 바로잡아야 한다. 그랬을 때 비로소 우리는 지금에 만족하기 위한 절제가 진짜 자유를 얻기 위한 지름길임을 깨닫게 된다.

명심하자. 주어진 상황에 최선을 다하고 자유를 만끽하는 사람에게만 더 큰 기회가 찾아온다는 사실을. 지금의 자신을 가장 크게 포용하는 것이 가장 큰 세상을 받아들이는 것이기도 하니까.

착각을 내려놓으면 자유가 보인다

　부자가 되면 행복해질 수 있다는 착각은 내려놓자. 아울러 애초에 부자가 될 수 없으니 내 멋대로 즐기며 살자는 것도 착각임을 인정하자. 내 멋대로라고 생각하지만 그건 내 멋대로가 아닌 더 슬픈 제약의 다른 이름이기 때문이다.

어떤 상인의
마지막

평생 상업에 종사한 남자가 있었다. 그는 자신의 가게에서 단 한 번도 벗어난 적이 없었다.

그런 그에게 죽음이 성큼 다가왔다. 그는 생전 처음으로 가게에 나가지 못하고, 안방에서 자리보전하고 누워 죽음을 기다리고 있었다.

아내와 두 딸은 슬픔에 가득 찬 눈으로 아버지의 마지막을 지키기 위해 안방에 모였다. 가족이 모두 모인 자리, 상인이 힘겹게 눈을 뜨고 아내와 두 딸을 바라보며 확인하듯 물었다.

"여보, 당신 여기 있는 거요?"

상인의 말에 아내가 그의 오른손을 잡으며 말했다.

"맞아요, 여보. 나 여기 있어요."

"그럼…… 큰딸, 첫째도 여기 있는 거냐?"

그러자 큰딸이 아버지의 왼손을 꼭 잡으며 말했다.

"네, 아빠. 저 여기 있어요. 아버지 곁에 있다고요."

그러자 상인이 더 힘껏, 절박하게 말했다.

"작은딸은? 작은딸도 설마 여기에?"

상인이 말하자 작은딸이 아버지의 이마에 다정하게 입을 맞추며 말했다.

"사랑하는 아빠, 저도 왔어요. 그러니 아무 걱정 마세요."

작은딸의 대답까지 듣고 나자, 상인은 아내와 두 딸의 생각과는 전혀 다른 반응을 보였다.

"걱정이구나. 걱정이야."

아내는 어리둥절한 표정으로 물었다.

"네? 여보, 그게 무슨 말이에요? 걱정이라니?"

상인이 한숨지으며 대답했다.

"우리 가족이 모두 여기 모여 있으면 우리 가게는 지금 누가 지키고 있단 말이오. 안 그렇소?"

주어진 일을 계속하는 것만큼 소중한 것은 없다

자신에게 주어진 일을 그저 의무적으로 하느냐 아니면 책임감을 갖고 하느냐에 따라 인생의 길은 달라진다. 주어진 일을 의무적으로만 할 경우 하지 않으면 안 되는 일, 즉 최소한으로만 일하게 된다. 하지만 책임감을 가지면 자신에게 주어진 일에 집중하고 최선의 결과물을 내기 위해 노력한다. 이러한 태도가 삶을 살아가는 태도에도 영향을 미쳐 인생의 길이 달라지는 것이다.

이 이야기에서 많은 사람이 상인의 어리석음과 미련함을 지적한다. 죽을 때 재산을 싸 들고 가는 것도 아닌데, 어리석게 죽을 때까지 가게와 자신의 일 걱정에 사로잡혀 있다며 그 어리석음을 질타한다.

하지만 다른 관점에서 보면 상인은 누구보다 자신에게 주어진 인생을 책임감 있게 살았다고 말할 수 있다. 우리는 내심 우리에게 주어진 일, 나를 둘러싼 관계의 무게를 버거워한다. 할 수만 있다면 빨리 벗어던지고 싶다는 생각도 한다. 그러나 상인의 이야기에서 우리는 분명한 하나를 확인할 수 있다. 바로 나에게 주어진 일만큼 소중한 건 없다는 사실이다. 그 소중한 사실과 가치를 망각하지 않는다면 한 개인의 정체성도 회복할 수 있음을 기억하자.

죽음의 순간까지 자신의 가게를 걱정하는 상인이 어리석고 불쌍해 보이는가? 오히려 반대로 생각해 보기를 권한다. 자신의 일에 건강한 책임감을 가진 사람은 늘 떳떳하고 당당하다는 사실을 말이다.

성실함은 어리석음을 넉넉히 압도한다

자신에게 주어진 일을 소중하게 생각하는 사람은 누구에게도 비난받지 않는다. 만약 누군가가 그 성실함을 어리석다고 비난한다면, 그 비난의 화살은 머지않아 그의 인생에 아픈 화살이 되어 박힐 것이다.

부부의
이혼과 재혼

10년여 동안 별 탈 없이 살던 부부가 이혼을 했다. 둘 다 특별히 잘못하지도 않았고, 큰 다툼이 반복되어 이혼을 결심한 것도 아니었다. 하지만 부부의 일은 아무도 모르는 법, 두 사람은 결혼 생활을 청산하고 이혼했다.

이혼한 지 1년 정도 지났을 때 남자는 다른 여자와 재혼했다. 하지만 두 사람은 재혼한 그날부터 다투기 시작했다. 어느 것 하나 맞는 게 없었다. 더욱이 이 여자는 성격이 포악했다. 남자 역시 점점 포악해졌다.

2년 정도 지났을 때, 여자도 다른 남자와 재혼했다. 재혼한 남자는 사기꾼 기질에 바람기까지 있었다. 자신이 잘못했어도 인정하지 않고 화를 내며 심지어 손찌검까지 하는 나쁜 남자였다. 하지만 이 나쁜 남자가 여자와 재혼해 살다 보니 점차 착한 심성으로 변했다. 여자가 포악한 남자의 마음을 잠잠히 어루만지며 기다려 주는 동안 남자 또한 자연스럽게 자신을 돌아보며 착한 성격으로 바뀌었던 것이다.

헤어지기 전으로 돌아가면 보이는 것들

이 탈무드의 지혜를 들여다볼 때, 뼈아픈 질문을 할 만한 대목이 있다. 바로 10년여 동안 살아온 부부가 왜 이혼을 결심했는가 하는 것이다.

탈무드의 지혜에서는 이 대목이 빠져 있다. 이혼 이후 서로 어떻게 변하게 되었는지를 집중해서 언급한다. 이야기 뒷부분에서 부부는 서로 닮아가고, 반려자의 성향과 배려심, 이해심에 따라 함께 살아가는 삶의 설계도 자체가 바뀔 수 있음을 이야기한다.

여기서 다시 질문해 보자. 이 부부는 왜 헤어졌을까? 아마 가장 큰 이유는 서로의 중요성, 서로의 소중함을 잊었기 때문일 것이다. 남편은 아내에게, 아내는 남편에게 서로 맞춰 주며 최선을 다해 배려했을 것이다. 하지만 둘은 정작 서로가 정말 원하는 부분은 말하지 않고, 상대를 배려하거나 의식하는 것만을 부부 생활의 전부로 알았을지 모른다.

그래서 우리는 다시 돌아보게 된다. 10년여 동안 살다가 이혼한 부부에게 만약 시간을 되돌릴 수 있는 마법이 일어난다면, 서로 맞춰 가는 법과 함께 자신을 드러내고 더욱 진솔해지는 법이 필요하다는 사실을 알려줘야 한다.

대화가 필요해, 반드시 대화여야 한다

사랑하는 사이라면 때론 '이것까지 말하는 게 옳을까' 싶을 정도로 많은 대화를 하기 바란다. 단, 반드시 대화여야 한다. 서로를 공격하거나 넘겨짚거나, 상대에게 무조건적으로 양보하는 게 아닌 진정한 대화 말이다.

신과의
흥정

한 배에 부자가 타고 있었다. 부자는 배의 한 층을 모두 차지하고 날마다 호화로운 생활을 하며 시간을 보냈다. 그는 넘치는 돈을 주체하지 못했고, 마음껏 쓰고도 남아 오히려 근심이었다.

같은 배에 아주 가난한 랍비도 타고 있었다. 그는 몸 하나 겨우 누일 수 있는 작은 선실을 배정받았다. 오랜 항해 기간 동안 제대로 된 혜택도 누리지 못했다.

그런데 항해 막바지에 배가 암초에 걸려 좌초되고 말았다. 공교롭게도 부자와 랍비가 작은 보트 하나를 구해 가까스로 탈출에 성공했다. 둘 다 신에 대한 독실한 믿음을 가졌기에 부자와 랍비는 절박함을 담아 기도했다. 특히 부자의 기도는 더 절박했다.

"신이시여, 제발 저를 살려 주세요. 전 아직도 해야 할 일이 많습니다. 저를 위해 큰 배를 보내 주시기만 하면 제 재산의 절반이라도 떼어 바치겠습니다."

하지만 시간이 흘러도 망망대해만 펼쳐질 뿐, 구조선은 오지 않았다. 초조해진 부자가 더 소리 높여 기도했다.

"신이시여! 제발, 제발 저를 살려 주세요. 살려 주시기만 하면 제가 가진 재산의 삼 분의 이를 확 떼서 바치겠습니다. 제발요!"

그 뒤로도 오랫동안 구조선은 나타나지 않았다. 부자가 기도하는 사이 랍비는 한마디도 기도하지 않았다. 그는 그저 하늘만 바라볼 뿐이었다. 하지만 부자는 달랐다.

"신이시여! 이번이 마지막입니다. 제발 구해 주세요. 이번에 구해 주신다면 제 모든 재산을……."

그때였다. 부자가 모든 재산을 바치겠다고 결심한 그 순간, 구조선이 보였다. 랍비가 말했다.

"신과 흥정하든 흥정하지 않든 구조선은 오는 법이에요. 하지만 당신은 약속을 지켜야 한다는 사실을 잊지 말아야 할 겁니다. 전 재산을 바치기로 한 약속 말이에요."

부자는 꼼짝없이 재산을 내놓아야 했다.

가난은 무엇일까

　가난하다는 가치는 어디에서부터 시작된 걸까. 우리는 이제 가난하다는 용어를 다시 정의해야 할 것이다.

　일반적으로 가난하다고 말할 때 절대 빈곤도 그 범위에 포함된다. 하지만 지금 시대에서는 절대 빈곤과 가난을 구분해야 한다. 절대 빈곤이란 어쩔 수 없는 외부 상황 때문에 밥을 먹지 못하거나 생계를 꾸릴 수 없는 상태를 말한다. 따라서 이는 가난이 아니라 무조건적으로 돌보고 함께 고민해야 할 가치다. 반대로 지금 우리가 말하는 가난은 철저히 상대적이다. 내가 살아가는 사회, 조직, 연령대에 따라 부자의 기준을 먼저 세우고 그 기준으로 설정한 가난이다. 그러므로 가난하다는 가치는 부자들이 규정한 것이라고 할 수 있다.

　탈무드의 지혜에서 가난한 랍비가 담담할 수 있는 이유는 자신이 가난하다는 의식을 지웠기 때문이다. 이때, 랍비가 지운 가난은 상대적 가난이다. 상대적으로 자신이 가난하다는 의식을 지운 랍비는 자신이 바라보는 세상, 자신이 생각하는 영원에 대해서도 여유롭고 당당할 것이다. 열등의식에 사로잡히지 않고, 스스로 가난하다는 생각의 굴레로부터도 자유로우니 당당하고 자유롭게 주어진 세상을 바라보는 것이다.

상대적으로 풍족했던 부자의 불행과 중압감이 얼마나 클지 상상해 볼 필요가 있다. 부자가 어떻게 해서든 위기에서 벗어나려고 사용한 수단은 처음부터 끝까지 '돈'이 전부였다. 부자에게는 자신에게 주어진 인생의 모든 가치가 '돈', 그 이상도 이하도 아니었던 것이다.

가난을 머릿속에서 지우자

가난하다는 생각을 머릿속에서 지워 버리자. 가난을 의식하던 마음을 내려놓으면 그때부터 삶은 풍부해진다. 또한, 나에게 주어진 삶이 무거운 짐처럼 다가오지 않는다. 그 대신 마음껏 웃고 울면서 진정으로 소중한 가치를 깨닫게 해 주는 행복이 찾아올 것이다.

비로소
깨달은
사자

한 랍비가 깊은 우울감에 빠진 제자를 찾아갔다. 제자는 어떤 위로의 말에도 희망을 얻지 못했다. 제자의 우울감을 알아본 랍비는 뜬금없이 사자 이야기를 꺼냈다. "아주 먼 옛날 늙고 병든 사자가 있었다"로 이야기가 시작되었다.

사자는 적이 많았다. 동물들은 저마다 사자를 보며 각기 다른 생각을 했다. 그러다 사자의 병이 깊어져 거동조차 할 수 없게 되자 사자를 미워하던 소가 뿔로 사자를 공격했다. 암소 역시 발굽으로 사자를 짓밟았고, 하이에나는 이빨로 사자의 귀를 물어뜯었다. 양과 돼지 역시 일제히 달려들어 사자의 꼬리를 밟거나 깨물며 사자를 괴롭혔다. 독수리도 사자의 눈을 사정없이 쪼아 댔다.

사자는 자신의 운명을 직감하며 허망하게 외쳤다.

"이럴 수가. 평소 나를 그렇게 왕 취급하며 존경한다던 이들이 일제히 나를 멸시하는구나. 권력과 힘이 나락으로 떨어지면 친구도 적으로 변한다는 사실을 왜 이제야 알았을까."

사자가 아니어도 괜찮아, 크게 쓰임새가 없어도 괜찮아

왜 랍비는 깊은 우울감에 빠진 제자에게 사자 이야기를 꺼낸 걸까? 그리고 지금 시대를 사는 우리는 우울함을 어떻게 이해하고 받아들여야 할까?

분명 경우의 차이는 있을 것이다. 워낙 복잡한 사회를 살고 있는 만큼 문제의 원인도 그 해결책도 매우 다양하다. 그런데도 인간의 우울감에는 한 가지 공통점이 있다. 동서고금을 막론하고 우울감은 좌절을 겪거나 어딘가에 소속되지 못해 느끼는 고립감, 상실감에서 비롯된다는 사실이다.

쉽게 단정 지어선 안 되겠지만 랍비가 본 제자의 우울도 같은 경우가 아니었을까. 어떤 위로의 말에도 희망을 느끼지 못하던 제자의 머리와 마음을 지배하고 있던 건 역설적으로 희망에 대한 큰 기대일지도 모른다. 더 많이 알고 싶고, 남들보다 더 성숙하고 좋은 사람이 되고 싶은 희망과 기대가 오히려 제자의 발목을 붙잡아 큰 절망감을 안겨 주었을 것이고, 그 절망감이 쌓이고 쌓여 결국 어떤 말도 긍정적으로 들리지 않는 우울감으로 연결된 게 아니었을까.

사자 이야기도 마찬가지이다. 사자가 동물의 세계에서 사자다움을 유지할 수 있는 배경은 자신의 쓰임새, 그 힘의 행사에서 찾을 수 있다. 자신이 힘이 넘치고 쓰임새가 많기 때문에 동물의 세계에서 버틸 수 있다는 게 사자의 믿음이었다. 그런데 그 신념이 무너지니 사자는 좌절했을 것이다. 공격당하고 잡아먹히고 말 거란 불안과 좌절감이 밀려왔을 것이다.

한 번쯤, 아니 꾸준히 생각의 틀을 변화시켜 보자. 사자다운 쓰임새로 이 세상을 살아가면서 희망을 찾기보다 "사자가 아니어도 괜찮아", "크게 쓰임새가 없어도 괜찮아"라는 마음가짐을 갖고 세상을 바라보자. 그러면 아주 작은 성취에도 기뻐하고 희망을 가질 수 있을지 모른다. 사람의 마음은 놀라울 정도로 빠르게 변화한다. 이를 긍정하자.

내 삶의 허세를 버리자

처음부터 내 삶을 지나치게 거창하고 의미 있는 것으로 바라보는 시선부터 좀 빼내자. 사자의 쓰임새는 동물의 세계에서만 유효하다. 사자를 약육강식의 세계가 아닌 그 바깥으로 내몰 경우 남는 건 오직 은혜뿐이다.

혀의
무게

랍비 학교에 지혜롭고 현명한 제자가 있었다. 그는 특히 언변이 뛰어나 많은 사람에게 자신이 품은 지식을 충분히, 그리고 깊이 있게 전달하는 능력이 탁월했다.

어느 날 밤 제자는 자신을 가르치는 랍비를 찾아갔다. 개인적인 용무라 하더라도, 주요 사상에 대한 견해 차이를 논하는 대화를 요청할 때는 언제든 응해 주는 게 랍비 학교의 전통이었다. 랍비를 찾아간 제자가 무례함을 무릅쓰고 단도직입적으로 물었다.

"선생님, 세상을 살면서 가장 경계해야 할 게 무엇입니까?"

가만히 생각을 정리하던 랍비가 제자에게 답했다.

"눈, 귀, 코는 어떠한가?"

"네? 눈, 귀, 코가 어떻다는 말씀입니까? 보고, 듣고, 맡지 않습니까."

"그렇지. 눈, 귀, 코는 우리가 원하는 대로 조절할 수 없어. 하지만 입과 손과 발은 달라."

"뭐가 다르죠?"

"우리가 마음먹은 대로 조절할 수 있지. 이 중에서도 가장 조심해야 할 게 무엇일까?"

제자가 답을 망설였다. 답을 못하는 제자에게 랍비는 단호하고 빠른 어조로 말했다.

"바로 혀야."

"혀요?"

"그래, 혀. 혀를 어떻게 조절하느냐에 따라 목숨을 잃을 수도 있고, 놀라운 축복을 받을 수도 있다는 걸 명심해야 해."

내가 받아들인 것의 절반만 표현하고 사용하라

눈, 귀, 코의 공통점은 무엇일까. 바로, 받아들인다는 점이다. 우리는 세상을 살면서 실로 많은 것을 받아들인다. 그리고 우리가 인정하든 인정하지 않든, 그것들은 내 안에서 멈추지 않고 뭔가 창조하고 있음을 수시로 실감하게 한다.

눈은 세상에서 일어나는 수많은 현상을 목격한다. 그중에는 희망을 주는 장면도 있고, 반대로 절망을 주는 장면도 있다. 눈은 절망과 희망, 두 장면을 모두 목격한다.

귀 역시 세상에서 일어나는 많은 소리를 듣는다. 사람들의 말소리뿐만 아니라 자연의 소리까지, 귀는 차별 없이 소리를 듣고 받아들인다.

코는 또 어떠한가. 촉각과 후각만으로도 세상은 충분히 아름답고 감각적이란 사실을 깨달을 수 있다. 가만히 눈을 감고, 잠시 귀를 닫아도 우리는 코를 통해 살아 있음을 느낀다. 그리고 외부 세계와 소통한다.

이렇듯 우리의 눈, 귀, 코는 늘 받아들이며 세상과 소통한다. 우리는 이렇게 받아들인 소통의 즐거움을 혀를 통해 타인과 나눈다. 하지만 혀를 통해 타인과 즐거움을 나눌 때는 매우 조심하고 절제해야 한다. 내가 받아들인 것의 딱 절반, 아니 그 절반의 절반만 표현하고 사용하는 게 좋다. 왜 그럴까? 나의 혀, 즉 말을 할 때는 완벽하게 차별과 편견 없이 말하기 어렵기 때문이다. 또한, 완벽하게 타인을 배려해 타인의 입장에서 말하기도 어렵기 때문이다.

비로소 보이는 세상

눈으로 보고 귀로 듣고 코로 맡으면 비로소 세상이 보인다. 내 몸의 모든 감각을 동원해 타인과 소통하고, 화합하는 과정이 중요하다. 그렇게 열린 세상에서 많은 이들과 교류하는 것만으로도 내면의 상처가 충분히 치유될 것이다.

사자의 목에
박힌
가시

우리는 용맹스럽고 지혜로운 사람을 사자에 비유하곤 한다. 어느 랍비는 깨달음을 얻은 청년을 사자에 비유하곤 했다. 어느 날 그 랍비가 사자의 목에 날카로운 가시가 박힌 이야기를 했다.

사자는 용맹스럽고 지혜롭지만 결코 자신의 의지만으로는 가시를 빼낼 수 없음을 알게 되었다. 그래서 결심했다. 자신의 목구멍 안에 박힌 가시를 빼는 자에게 엄청난 상을 주겠다고 말이다.

며칠 만에 처음으로 학이 나섰다. 학은 자신의 긴 부리를 쑥 집어넣어 사자 목에 걸려 있던 가시를 손쉽게 빼냈다.

사자는 가시가 빠지자 한결 여유로워졌다. 그때, 학이 사자에게

상을 달라고 요구하자 사자가 어처구니없다는 듯 답했다.

"내 입안에 머리를 집어넣은 걸 잊었어?"

"그게 무슨 상관이야?"

"지금까지 내 입에 머리를 들이밀어서 살아남은 동물은 아무도 없었어. 그건 당연히 알고 있지?"

"그…… 그건 그렇지만……."

"그런데 너는 내 입속에 머리를 통째로 들이밀고도 아직까지 살아 있잖아. 바로 그걸 네 인생에서 가장 큰 상으로 생각해야지. 안 그래?"

진정한 상의 가치는 무엇인가

탈무드의 지혜를 보면 이 세상의 엄격한 규칙을 냉정할 정도로 차갑게 말하는 경우가 있다. 사실 우리가 자연에서 세상의 이치를 배울 때가 종종 있는데, 때론 그 배움을 부정하고 싶을 때가 많다. 자연계에 주어진 약육강식의 원리가 그렇다. 자연은 절대적인 조화를 지키기 위해 투명한 힘의 원리를 긍정하곤 한다. 생태계 질서의 측면에서 보면 이는 지극히 자연스러워 보인다.

세상의 이치에도 이런 자연의 섭리가 적용되는 경우가 있다. 우리가 말하는 질서나 도덕도 마찬가지이다. 이 역시 주어진 조건과 상황에서 어떻게 삶을 지속할지 고민한 끝에 나온 결과이다. 우리 삶을 지속하려면 나에게 주어진 것을 인정하고 긍정하는 태도가 필요하다. 어쩌면 자신에게 주어진 조건을 담담히 받아들이고, 그 안에서 자신의 가치를 발견해 나가는 게 우리 인생에 주어진 진정한 상이 아닐까.

탈무드의 지혜 역시 바로 그 가치에 주목한다. 사자는 약육강식의 논리에 빗대어 학이 자신에게 잡아먹히지 않은 것 자체가 축복이라고 말한다. 언뜻 보기에는 상을 줘야 하는 게 아닐까 싶지만 탈무드의 지혜는 진짜 상의 가치를 더 강조한다. 우리에게 주어진 조건과 일상을 담담히 받아들이고, 그 일상을 지속하는 것이야말로 진짜 나 자신에게 주어진 상이라는 것을.

나를 지켜주고 있는 가치는 무엇인가

진정으로 축복받을 승자는 끝까지 자신의 자리를 지키는 사람이다. 우리 주위를 돌아보자. 그리고 나를 돌아보자. 내 인생에서 나를 지켜주고 있는 가치가 무엇인지 살펴보자.

도박을
못하는
사위

혼자 깊은 산속에서 기도하며 자연과 벗 삼아 사는 랍비가 있었다. 이 랍비는 자연현상과 사물의 흐름을 관찰하며 그 안에서 이치를 깨닫는 사람이었다.

어느 날 한 친구가 찾아왔다. 랍비는 친구의 근심 어린 표정을 보곤 넘겨짚듯 말했다.

"얼마 전 막내딸을 시집보냈다며?"

"그랬지."

"그런데 표정이 왜 이런가. 이제 아무 걱정도 없을 텐데."

"자네 말대로 막내딸까지 모두 시집보내면 아무 문제가 없을 줄 알았어. 하지만 막상 결혼을 시키고 보니 막내 사위가 말썽이네."

"막내 사위한테 무슨 문제라도 있나?"

"말하기도 부끄럽지만 우리 막내 사위가 도박을 못해도 너무 못하는 게 흠이야."

"도박을 못하는 게 무슨 흠이라는 말인가? 난 도무지 이해할 수가 없네."

"못하면 안 하면 되지 않나. 그런데 제대로 할 줄도 모르는 도박을 죽어라 계속하고 있으니, 정말 나쁜 버릇 아닌가."

특별한 것을 좇지 않을 때, 비로소 지혜가 보인다

탈무드에 등장하는 랍비는 주로 어디에서 기도할지 궁금할 때가 있다. 나 또한 그랬다. 많은 사람이 랍비를 종교인으로 생각해 그들이 엄숙한 성지를 찾아가 기도하거나 수행하고, 랍비들의 경전이라 할 수 있는 탈무드를 공부하는 걸 하나의 업으로 삼는다고 생각한다.

하지만 의외라고 해야 할까. 랍비들은 일상을 그저 살아가는 다른 사람들과 크게 다르지 않다. 위에 언급한 자연과 벗 삼은 랍비의 경우도 그렇다. 우리는 랍비가 자연과 벗 삼았다고 하면 외부와 단절한 채 산속에서 수행한다고 생각한다. 이는 랍비의 실제 생활과는 다르다. 자연과 벗 삼았다는 표현은 상징적인 것으로, 랍비는 그저 하루 먹고살 것을 만들어 가며 일상을 사는 평범한 사람이다.

위 이야기에 등장하는 막내 사위가 죽어라 애쓰는 도박 역시 상징적으로 이해할 필요가 있다. 도박 자체도 문제지만, 제대로 할 줄 모르면서도 멈추지 않는 게 진짜 문제 아니겠는가. 혹은 일상에서 만나는 소박한 진리를 외면한 채, 거창한 비밀은 다른 곳에 숨겨져 있을 거라는 생각 자체가 도박이라는 뜻은 아닐까. 따라서 먼저 도박을 멈추려는 생각, 소소한 일상에서 진실을 찾으려는 생각, 그렇게 생각하는 마음가짐이 바로 지혜이다.

일상이 무료하다고 느껴진다면 처음으로

일상이 무료하고 신선한 자극이 필요하다고 느껴진다면, 처음 그렇게 느낀 순간으로 돌아가 다시 생각해 보기 바란다. 자극을 원하는 그때의 '나'는 진실한 나인가, 아니면 진실하고 순수한 나를 애써 외면하는 나인가.

로마군
사령관과
포로 이야기

전쟁이 한창이던 서기 1세기. 로마 군대가 파죽지세로 전장을 휩쓸고 있었다. 야훼라는 신을 믿는 작은 나라인 이스라엘 또한 로마의 목표가 되었다. 로마는 이스라엘을 침략해 그곳 군대를 섬멸하고 자신의 왕국을 건립하고자 했다. 로마의 용맹한 장군은 일시에 이스라엘 지역을 점령했고 수많은 이스라엘 병사를 감옥에 가두었다.

　장군은 붙잡은 포로들을 지켜보던 중 유독 용맹스러운 한 청년과 눈이 마주쳤다. 그는 청년에게 말을 붙였다.

　"내 두 눈을 보아라. 이 두 눈 중에서 한쪽 눈은 가짜이다."

　"네."

"어느 눈이 가짜 눈인지 알아맞혀 보겠느냐. 알아맞히면 널 살려 주겠다."

살려 주겠다는 말에 한층 진지해진 청년은 잠시 후 주저하지 않고 답했다.

"왼쪽 눈입니다."

"그걸 어떻게 알았지?"

이번에도 청년은 주저하지 않고 답했다.

"왼쪽 눈이 더 인간답게 보이기 때문입니다."

그 말을 들은 로마 장군은 망설임 없이 청년을 풀어 주었다. 더놀라운 것은 장군의 진짜 눈은 오른쪽 눈이라는 사실이었다. 그런데도 장군은 청년의 답을 듣고 풀어 준 것이다.

주관적인 것과 객관적인 것 사이에서

때로 우리는 객관적인 것과 주관적인 것을 엄격히 구분해 삶에적용하려 한다. 이때 '객관적'은 증명이 가능하고 철저하게 입증되는 것으로, '주관적'은 기준이 모호하여 개인이 생각하고 정의내리는 것으로 평가한다.

위의 이야기에서처럼 '인간답다'는 평가는 지극히 주관적이다.

이 표현은 시작점부터 모호하다. 대체 어떤 상태, 어떤 가치가 인간적이란 말인가. 더욱이 '인간적'이란 말의 의미는 각자 생각하는 가치관, 진실의 기준에 따라 달라진다. 어떤 사람에게는 도덕 윤리를 성실히 지키는 사람이 인간적일 수 있고, 또 다른 사람에게는 따뜻한 마음과 세심한 배려가 인간다움일지도 모른다.

그런데도 잊지 말아야 할 불변의 가치는 남는다. 바로 인간다움을 생각하고 추구하는 태도, 그리고 인간답게 살고자 하는 의지이다. 진짜와 가짜를 구분하라는 장군의 명령을 들었을 때, 그것도 딱 한 번의 답으로 생명이 좌우되는 긴박한 위기 상황에서 우리는 어떤 방식으로 진짜와 가짜를 구분하려 할까? 그 누구도 반박할 수 없는 객관적이고 정확한 답을 찾으려고 노력할 것이다.

하지만 이 경우 우리는 객관적인 답을 찾고자 하는 마음을 내려놓을 필요가 있다. 청년이 진짜와 가짜를 구분한 기준은 '인간다움'이었다. 인간다움이란 말은 정말이지 믿을 수 없을 정도로 주관적이며 모호하다. 하지만 주관적인 기준과 상관없이 청년은 어쩌면 정답을 말한 것이다. 인간적인 것이 진짜라고 말이다.

우리 시대가 추구하는 '찐'은 무엇일까? 놀라운 실력, 범접할 수 없는 기술만이 찐일까? 그렇지 않다. 우리가 원하는 '찐', 즉 진짜는 누구나 자신의 기준과 답은 있겠지만, 누구에게나 적용되는 보편적인 가치, 바로 인간다움이다.

인간다움에 대해 묻자

인간다움을 한 마디로 규정하려 들지는 말자. 그렇다고 외면하지도 말자. 인간다움은 우리 삶의 공기와도 같은 것이므로.

눈이
멀게 된
랍비

평범한 일상에서 깨달음을 얻고자 했던 한 랍비의 이야기이다. 랍비가 소를 도살할 준비를 마쳤을 때였다. 갑자기 소가 울음소리를 내며 도망쳤다. 하지만 멀리 도망치지 못했고, 랍비에게 발각된 소는 두려움에 울부짖었다. 랍비는 차분히 소를 바라보며 말했다.

"어서 이리 와. 너는 도살되기 위해 태어났어."

랍비가 말할 때 그의 내면에서 울림이 느껴졌다.

'너에게는 아주 작은 동정심도 가엽게 여기는 마음도 없구나. 너 역시 소가 느낀 고통을 똑같이 느끼게 해 주겠어.'

내면의 울림이 불길한 예언이었을까. 랍비는 곧 눈이 멀어 버리고 말았다.

그 일이 있고 오랜 시간이 지난 어느 날이었다. 방 한구석에서 쥐를 발견한 랍비의 하인이 쥐를 잡아 죽이려 할 때, 랍비가 하인의 행동을 한사코 말리며 말했다.

"아무리 하찮은 생명이라도 살려 두어야 한다. 생명은 모두 똑같이 귀하기 때문이야."

랍비가 그렇게 말한 순간 내면의 울림이 다시 들렸다.

'이제야 너도 동정심을 조금은 갖게 되었구나.'

그 울림을 느낀 순간, 랍비는 다시 눈을 뜨고 세상을 볼 수 있게 되었다.

타인은 '나'의 다른 모습이다

타인의 고통을 느껴야 하는 이유가 뭘까. 타인의 아픔을 내 아픔처럼 생각해야 하는 이유는 또 무엇일까. 우리는 타인의 고통을 잘 살펴야 한다는 것은 비교적 큰 저항 없이 받아들인다. 하지만 '왜'라는 질문을 받으면 대부분 대답을 망설인다. "당연히 인간이라면 고통을 나눠야 하니까." 이건 엄밀히 말해 반쪽짜리 대답이다. 고통을 나누는 것이 인간으로서 당연한 것이라면 인간이 저지른 야만적인 범행과 온갖 불법으로 고통받는 현실 역시 당연하다고 말할 수 있을까? 그렇지 않을 것이다.

그렇다면 보다 현실적으로 깊게 생각할 필요가 있다. 탈무드의 지혜는 이 지점에서 우리에게 구체적으로 충분히 생각할 수 있는 '왜'라는 질문을 남겨 놓는다. 다시 묻자. 왜 우리는 타인의 고통을 나눠야 하는 걸까.

그 답은 의외로 간단하다. 타인은 단순히 타인이 아니다. 타인은 '나'의 다른 모습이다. 세상의 모든 관계 역시 그렇다. 수많은 나의 다른 모습이 타인 혹은 관계로 존재하는 것이다. 그렇기에 타인이 느끼는 고통은 오늘을 살아가는 나의 '고통' 그 자체다. 그 고통을 외면한 채 살아간다는 건 스스로를 생명 없이 살아가는 괴물 내지는 기계라고 선언하는 것과 같다. 그러므로 우리는 타인의 고통을 당연히 함께 나눠야 한다.

하지만 타인을 '나'와 같다고 생각하는 건 말처럼 쉽지 않다. 점점 더 이기적인 자기애만 추구하는 세상일수록 더욱 그렇다. 이 쉬운 정답은 점점 어려워지기만 할 뿐이다. 나 스스로 나의 이익을 챙기지 못하면 바보가 되는 것만 같은 세상이다. 이런 세상에서 타인을 외면하지 않는다는 게 얼마나 현실성이 있을까. 그래도 인간의 고귀함은 타인의 고통과 어려움을 함께 나누는 것에 있다는 걸 기억하자.

불행해지지 않기 위해

우리 삶에서 가장 당연하다고 여기는 걸 가장 소홀히 여긴다는 사실을 인정해야 한다. 타인의 고통과 아픔을 외면하는 삶은 불행하다. 그래서 우리는 공감해야 한다. 불행해지지 않기 위해. 나의 불행을 막기 위해.

군대 이야기

한 랍비 학교에서 제자가 랍비에게 물었다.

"진정한 조화가 무엇인지 가르쳐 주십시오."

그 질문에 랍비는 신중한 모습을 보였다. 제자는 조급해진 나머지 다시 채근하듯 물었다.

"조화를 이루는 방법을 알고 싶습니다. 가르침을 주세요."

그러자 랍비가 군대 이야기를 예로 들었다.

"한 군대가 길을 따라 행진하고 있었네. 오른쪽 길은 빙판에 눈이 덮여 있었고, 왼쪽 길에는 불바다가 펼쳐져 있었지."

"그래서요?"

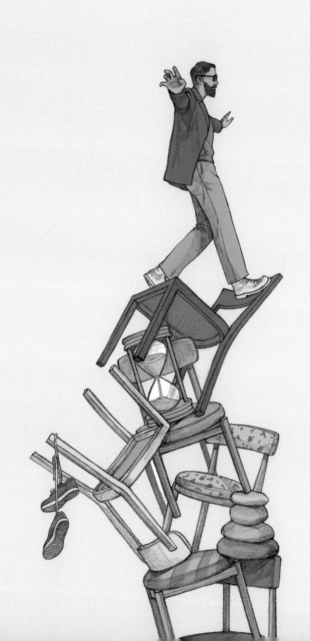

"군대는 오른쪽 길로 행진하면 모두 얼어 죽을 수밖에 없었어. 반대로 왼쪽 길로 행진하면 전부 불에 타 죽을지도 모르는 상황이었지. 그렇다면 가운데 길은 어떨까?"

"가운데라면…… 타 죽지도 않고, 얼어 죽지도 않겠지요?"

"그래. 가운데 길은 따뜻함과 시원함이 조화를 이루는 곳이었어. 조화란 그처럼 중요한 거지."

조급함과 신중함, 둘 다 필요하다

랍비와 제자의 대화를 보며 어떤 생각을 했는가. 아마 조급함과 신중함을 떠올렸을 것이다.

먼저 조급함은 제자가 질문하는 태도에서 확연하게 드러난다. 제자는 세상의 조화와 이치를 한순간에 깨우치거나 간단히 풀 수 있는 수학 문제쯤으로 생각하고 있다. 그렇기에 랍비에게 직접적으로 답을 요구하듯 질문한다. 세상의 조화를 이룰 수 있는 방법을 가르쳐 달라고 말이다.

반대로 랍비는 답을 하기 전에 오랜 시간 몸에 밴 신중함을 보인다. 이는 랍비의 성격이 느긋하거나 나이가 들어 게을러진 것과는 다르다. 랍비의 오랜 경험으로 알게 된 것이다. 조화를 이룬다는 것, 다시 말해 서로 다른 생각과 가치관, 이념을 충돌과 파국으로 몰고 가지 않고 공존하는 게 얼마나 어렵고 힘든지를 말이다. 그렇기에 조화를 이루는 방법을 묻는 제자의 질문에 스승 랍비는 신중할 수밖에 없었다.

탈무드의 지혜는 조급함과 신중함, 이 극과 극인 두 가지 미덕의 조화를 요구한다. 조급하다고 해서 모든 결과가 나쁘지는 않다. 때론 신속한 결단력과 실행력으로 결실을 맺을 수 있다. 또한 신중함 역시 모든 면에서 완벽하지는 않다. 신중하다는 이유로 자신에게 온 여러 번의 기회를 놓칠 수도 있다. 조급함과 신중함의 장점이 빛을 볼 수 있도록 알맞은 태도를 취하는 것, 바로 진정한 조화를 이루는 길이다.

조화로운 상태를 추구하는 시작점

배움이나 교육에서 때로는 그 사람의 단점을 지적해 이를 개선하는 게 최선이라 여길 때가 있다. 반대로 생각해 보면 어떨까. 장점을 더 끌어내고, 조화로운 상태를 추구하는 것도 바로 그 지점에서 시작된다.

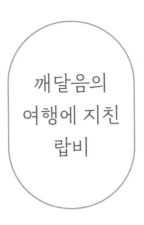

깨달음의
여행에 지친
랍비

긴 깨달음의 여행에 지친 랍비가 있었다. 랍비는 배고픔과 갈증에
시달렸다. 그는 풀 한 포기 없는 뜨거운 사막을 걷다가 겨우 오아
시스에 닿았다.

랍비는 나무 아래 시원한 그늘에서 쉬며 과일로 굶주린 배를 채
우고 시원한 물로 갈증을 풀었다. 그러자 저절로 안도의 한숨이
나왔다.

하지만 그 자리에 마냥 주저앉아 있을 수는 없었다. 다시 갈 길
을 재촉해야 했기에, 그는 그늘을 만들어 준 나무와 감사의 작별
인사를 나누었다.

"나무야. 너에게 정말 고맙다. 어떻게 이 고마운 마음을 표현해야 할지 모르겠어. 네 열매가 알차게 열리기를 빌어 주고 싶지만 이미 네 열매는 이 세상 어떤 열매보다도 알차고 맛있으니 그럴 필요가 없겠구나. 내가 널 위해 할 수 있는 일이 있다면 그것은 네가 더 많은 열매를 맺어, 그 열매가 더 많은 나무로 뿌리내리고, 너처럼 아름다운 나무로 성장하기를 기도하는 것뿐이겠구나."

처음부터 당연하게 주어진 건 없다

일상을 지내다 보면 '새삼스럽다'는 표현을 잊을 때가 종종 있다. 이는 그저 내 곁에 있는 게 당연하다 여겨지는 것들이 그만큼 많다는 뜻일 것이다. 내 주변과의 관계가 특히 그렇다. 당연히 나와 언제까지라도 함께할 거라고 생각하는 가족, 연인, 친구, 그리고 반려동물까지. 우리는 그 일상에서 당연하게 주어진 삶, 그리고 관계를 대수롭지 않게 봐 넘기는 경우가 많다.

하지만 굳이 극단적인 가정을 하지 않더라도 우리에게 소중한 이 모든 것이 원래부터 당연히 주어진 것이 아니라고 생각해 본다면 많은 게 달라진다. 그토록 소중했던 것들이 원래 없을 수도 있었다면 어떨까? 내가 사랑했던 사람이 애타는 감정만을 남긴 채

사라진다면 어떨까. 아마 그 고통은 헤아릴 수 없는 수준으로 불어날 것이다.

탈무드의 지혜는 말한다. 매 순간 아무것도 없는 것처럼 먹고, 마시고, 사랑하라고.

먹고, 마시고, 사랑하라

다른 말이 더 필요할까.

우리가 해야 할 단 하나의 의무, 의무감마저도 잊은 의무. 먹고, 마시고, 사랑할 것.

하와의
질투

랍비의 가르침을 나누던 제자들 몇이 모였다. 그들은 각자 아내의 질투심에 대해 이야기하기 시작했다. 그러던 중 한 남자가 물었다.

"하와도 아담에게 질투를 느꼈을까?"

"느낄 수 있지. 충분히 그럴 수 있어."

"아니야. 첫 번째 사람인데 질투란 감정이 있겠어? 게다가 아담에게 다른 대상이 있을 수 없잖아."

오랫동안 진지한 토론이 이어진 끝에 그들은 마침내 결론을 이끌어 냈다.

"하와도 당연히 질투를 느꼈을 거야. 질투가 없는 사랑은 있을 수 없고, 질투하지 않는 사람도 있을 리 없으니까 말이지. 하와는 아담이 돌아오면 언제나 그의 갈빗대가 그대로 있는지 헤아릴 테니까."

사람은 결코 하나일 수 없다

성서에 등장하는 최초의 사람 이야기는 종교와 상관없이 잘 알려져 있다. 그중에서도 신이 남자와 여자를 창조할 때의 신비로운 이야기는 더더욱 그렇다. 신이 아담을 깊이 잠들게 하고 그 갈빗대로 여자인 하와를 창조했다는 신비.

이 창조 이야기가 시사하는 바는 단순하면서도 강렬하다. 남자와 여자, 더 나아가 사람과 사람은 서로 생명을 주고받으며 태어났다는 사실이다.

갈빗대의 본래 문자를 깊이 있게 살펴보면 단순히 신체 기관만을 뜻하지 않는다. 남자의 짝, 남자의 분신 등의 의미로 충분히 이해될 수 있다. 남자와 여자는 서로가 하나의 운명, 하나의 굴레를 갖고 태어났다. 그러니 자연스럽게 남자와 관계 맺는 여자, 여자와 관계 맺는 남자, 이 둘은 서로에게 보통 이상으로 관심을 가질 수밖에 없다. 그러니 질투의 감정은 너무나도 자연스럽게 발화되는

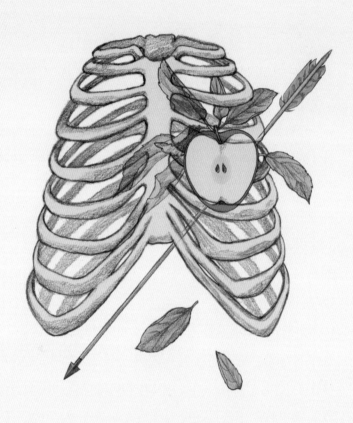

게 아닐까.

질투는 비단 여자만 느끼는 것은 아니다. 남자도 마찬가지이다. 이 탈무드 이야기는 질투를 부정하지 말라는 데서 시작한다. 하지만 질투를 인정해야 한다는 교훈으로 마무리되지는 않는다. 사람과 사람은 이처럼 떼려야 뗄 수 없는 관계로 맺어진 존재임을 긍정하고, 그 시작점에서부터 나와 너를 바라보라는 요구가 바로 이 지혜의 핵심이다.

관심과 집착 사이

질투란 감정의 시작에 주목할 필요가 있다. 질투의 시작은 관심이다. 그러므로 관심의 끈을 놓지 말자. 대신 집착은 버리자.

눈먼 자와
절름발이

한 랍비 학교의 정원에 황홀한 맛을 지닌 과일이 열리는 나무가 있었다. 랍비 학교에서는 제자 두 명에게 보초를 서게 하고 그 과일 나무를 잘 지키라고 당부했다. 공교롭게도 한 명은 시력이 온전하지 않았고, 또 다른 한 명은 다리를 절었다.

두 제자는 나쁜 마음을 품었다. 황홀한 맛이 나는 과일을 먹자고 함께 모의한 것이다. 그렇게 둘은 맛있는 과일을 함께 따 먹으며 실컷 배를 채웠다. 후에 그 사실을 알게 된 교장 랍비와 다른 랍비들이 두 제자를 심문했다.

진짜 주동자를 밝히기 위한 심문에 눈먼 자는 억울한 목소리로 변명했다.

"저는 눈이 멀었습니다. 그런데 어떻게 과일을 제 힘으로 따 먹을 수 있겠습니까?"

다리를 절룩이는 자도 억울함을 호소했다.

"보시다시피 저는 걷는 게 성치 않습니다. 그런데 어떻게 저 나무 위로 올라가 손을 뻗어 과일을 따 먹을 수 있겠습니까?"

하지만 둘의 변명은 오래가지 않았다. 교장 랍비는 눈먼 자에게 절름발이를 둘러업게 했고, 업힌 절름발이에게는 과일까지 손을 뻗으라고 했다. 과일에 손이 충분히 닿는다는 사실이 확인되자 두 제자는 할 말을 잃고 자기들의 잘못을 온전히 고백했다.

나를 지키는 감정 훈련

우리의 내면을 들여다보자. 우리의 내면은 수많은 감정이 켜켜이 저장되어 있는 저장고와 같다. 그 창고에 보관되어 있는 감정은 순간순간 무수한 교환과 교체를 거듭한다. 그러면서 서로 뒤섞이거나 충돌하기도 한다. 감정이 뒤섞이고 충돌하면서 우리의 내면은 조금씩 지쳐간다. 결국 나 자신도 의식하지 못하는 사이에 허물어지기 시작한다. 바쁘고 지치는 일상, 다른 사람과 관계를 맺는 법이 더더욱 어려워지고 개인화되어 가는 요즘이다. 그런 만큼 감정의 소모와 충돌도 이전보다 훨씬 더 깊고 다양하게 나타나는 듯하다.

이때 필요한 '나를 지키는 감정 훈련'은 무엇일까. 앞서 밝힌 탈무드의 지혜처럼 수많은 감정이 서로의 결핍된 부분을 메워 주며 빈자리를 채우는 연습을 해야 한다. 눈먼 자와 절름발이 이야기는 비록 나쁜 짓을 한 경우이지만 결핍에 관한 확실한 교훈을 주고 있다. 결핍을 인정하고 자신의 자리를 내어 주면, 그렇게 채워진 자리를 통해 감정은 단순히 소모되지 않고 조화를 이룰 것이다. 그렇게 조화를 이룬 감정은 갈수록 피폐해지는 세상에서 나를 지키는 가장 효과적인 나침반이 되어 줄 것이다.

그러므로 인정하고 받아들이자. 내 안의 수많은 감정은 각각 고유하고 소중한 반면에 결핍을 하나쯤은 갖고 있다는 것을.

내 마음 안에서 서로 만나야 하는 감정들

일단 나를 긍정하자. 나를 사랑하자. 내 안의 수많은 감정의 결함도 인정하자. 마지막으로 그 결함 많은 감정을 서로 만나게 해주자. 내 마음 안에서.

2부

—

예기치 못한 삶,
그리고 힐링

포도나무를
심는
노인

랍비가 한 이야기를 제자에게 들려주었다. 그 제자는 어떤 결정을 할 때마다 과도할 정도로 많은 생각을 했다.

"히드리안의 왕이 산책을 하던 어느 날이었지. 한 노인이 땅에 포도나무 한 그루를 심는 걸 보고는 말을 걸었어."

"뭐라고 말입니까?"

"'그대가 젊었을 때 열심히 일했으면, 지금 이렇게 나이 들어서 고생하는 일은 없었을 텐데.' 그러자 노인이 바로 답했어."

"뭐라고요?"

"'전 언제나 열심히 일했습니다. 백 살이 된 지금까지 말입니다.'

그때 왕은 노인의 나이를 듣고 깜짝 놀랐어. 그렇게 많은 나이에도 여전히 땅을 파고 나무를 심다니, 놀라지 않을 수 없었지. 그런데 노인의 다음 이야기를 듣는 순간 왕은 심장이 내려앉는 듯한 놀라운 깨달음을 얻었네."

"어떤 깨달음이었나요?"

"백 살의 노인은 자신이 이 열매를 먹을 수 없다 해도 자신의 후손이, 만약 자신의 후손이 열매를 먹지 못한다 해도 이 세상의 많은 사람이 맛있게 먹을 수 있을 거라고 확신했지. 그 말을 들은 왕은 지금까지 한 번도 그렇게 생각해 보지 못했다고 말했네. 아울러 왕은 교훈 하나를 깨달았지."

"교훈이요?"

"어떤 결단이든 지금 하지 않으면 안 된다는 사실 말이야."

신중한 판단과 신속한 실천은 같은 울타리 안에 있다

신중함은 좋은 것이다. 매사에 우리 곁에 있는 사물, 그리고 내가 처한 상황을 객관적이고 이성적으로 관찰하는 태도는 꼭 필요하다. 그러한 통찰이 평소 우리에게 익숙한 관습의 틀을 뛰어넘어 더욱 새로운 가치를 낳을 수 있게 해 주기 때문이다. 그렇기에 신중하면 신중할수록 우리에게는 유익하다.

하지만 반드시 구분해야 할 것이 있다. 바로 신중한 태도와 더딘 실행력이다. 이 둘을 같다고 보는 건 잘못된 생각이다.

어떤 사물이든 관계든 신중하게 통찰하는 데는 훈련이 필요하다. 어떠한 상황에서도 성급하지 않은 태도, 현재 주어진 상황에서 자신이 어떻게 처신하는 게 좋을지 깊이 고민해 보는 것, 신중함은 그 과정에서 얻어지는 것이지 어느 날 갑자기 하늘에서 뚝 떨어지는 선물이 아니다. 때에 따라서는 부단히 노력해야 하는 것인지도 모른다.

그와 마찬가지로 나에게 주어진 일, 내가 결심한 것을 곧바로 실천하는 노력이 필요하다. 모든 일에 망설이지 않고 곧바로 뛰어들어 실천하는 태도 역시 본능적인 감각으로 튀어나올 만큼 몸에 익었을 때 가능한 것이다.

가장 중요한 삶의 지혜는 신중한 판단과 신속한 실천이 양 날개가 되어 함께 움직여야 한다는 사실이다. 우리의 일상이 빠른 실천과 깊은 통찰이라는 두 가지 열매를 동시에 요구하기에 더더욱 그렇다.

그것을 이루기 위해서는 실천과 통찰을 동시에 추구하는 태도가 가장 중요하다. 어떤 일을 할 때나 어떤 선택을 할 때, 실천하는 게 대단히 중요하다. 하지만 아무 생각 없이 실천한다면 나중에는 자신이 어떤 일을 했는지 모를 수도 있다. 실천은 빠르고 신속하게 하되, 자신이 실천한 행동의 의미를 성찰하는 시간이 꼭 있어야 한다.

시작했다면 후회하지 마라

일단 자신이 무언가를 선택했을 때, 선택 자체를 돌이키거나 후회하지 않길 바란다. 만에 하나 다시 돌이킨다 해도 후회를 끌어안고 돌이키는 건 이후에 더 큰 망설임을 낳기 때문이다.

결혼
10년 차를
맞이한 부부

결혼 10년 차를 맞이한 부부가 있었다. 겉보기에는 조건도 좋고 남부러울 것 없는 성공한 부부였다. 하지만 둘은 누가 먼저랄 것 도 없이 랍비에게 이혼을 청하러 찾아왔다.

이들이 이혼을 청한 결정적인 이유는 결혼한 지 10년이 넘도록 아이가 없다는 것이었다. 부부 사이에 오래도록 아이가 없다면 직 간접적으로 이혼을 강요받는 것이 현실이었다. 둘은 이혼할 마음 이 없지만 주변 시선 때문에 이혼을 결심할 수밖에 없다고 했다.

랍비는 이런 둘의 결심을 존중한 다음 한 가지 제안을 했다. 남 편이 아내를 위해 성대한 잔치를 베풀라는 제안이었다. 더불어 지금까지 그와 함께 살아온 아내가 얼마나 훌륭한 짝이었는지 깊이 생각해 보고 답하라고 했다.

잔치가 벌어졌고 분위기가 한창 무르익을 즈음 남편은 아내에게, 아내는 남편에게 서로 가장 원하는 것이 무엇인지 말하는 시간을 가졌다. 그 자리에서 남편과 아내는 준비한 답을 서로에게 말했다.

"당신을 원해요."

"나도 마찬가지예요. 나 역시 당신만 있으면 돼요. 다른 건 필요 없어요."

사랑은 권태와 다르다

부부 관계뿐만 아니라 연인 관계에도 반드시 찾아오는 적이 있다. 바로 권태이다. 권태라는 감정은 인간에게 주어진 기본 본성이다. 여기서 기본이라 함은 애써 부정해도 지워지지 않고 언제나 우리 곁에 머무르는 감정이라는 뜻이다.

연인의 사랑과 부부가 함께하는 삶의 의미를 어떻게 생각하는가? 물론 가정을 꾸려 자식을 낳는 데도 큰 의미가 있겠지만, 더 큰 의미는 사랑에 있다.

여기서 냉정히 짚어 보자. 사랑이란 감정, 그리고 의미는 어떤 것일까. 사랑은 "이러이러하다"라고 단정 지어서 말할 수 있는 게 아니다. 사랑이란 개념의 폭은 크고 넓다. 그렇기에 우리는 사랑의 감정과 이끌림을 권태라는 감정을 잊기 위한 새로운 감정의 발견으로 삼을 때도 있다는 걸 부정해서는 안 된다. 권태는 우리를 늘 찾아와 위협하는 부정적 감정이므로. 사랑의 새로움과 설렘이 그 권태를 잊게 한다. 연인이 서로 만나 마음을 나누고, 그 마음을 계속 확인하는 가장 큰 이유도 단연 사랑 때문이다. 그 사랑의 감정이 늘 새롭기에 권태를 넉넉히 극복할 수 있다.

그런데 우리는 사랑에 대한 오해 때문에 권태를 더 강하게 불러들이는 경우가 있다. 본래 사랑은 외부 요건에 끌려 시작하면 안 된다. 부부가 되기 위해 혹은 아이를 낳아 가정을 꾸리기 위해 결혼할 수는 있지만, 결혼이 부부 혹은 연인의 필수조건이 될 수는 없다. 연인이나 부부가 되기 위해 가장 필요한 요소는 단언컨대 사랑이다. 권태는 사랑에 집중하지 않은 채 채워지지 못한 박탈감을 틈타 스며든다.

그렇기에 사랑해야 한다. 아니, 사랑에 집중해야 한다. 흔히 사랑이란 감정은 시간이 지나면서 권태와 친구가 된다고 생각하는데 전혀 그렇지 않다. 오히려 시간이 흐를수록 사랑은 더 강하게 권태의 감정을 밀어내고, 오롯이 사랑 그 자체에 집중하게 만든다. 그 사랑에 대한 갈망만이 우리가 추구해야 할 유일한 갈망임을 잊지 말자.

사랑을 믿자

사랑은 파고 또 파도 마르지 않는 샘물과 같다. 또한, 사랑은 어떤 순간에도 시들지 않는 영원한 싱그러움을 빼닮았다. 사랑을 믿자. 인류는 그 사랑을 믿고 지금까지 역사를 이끌어왔지 않은가.

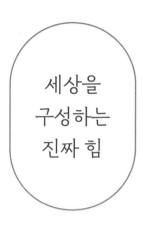

세상을
구성하는
진짜 힘

랍비 학교에서 일어난 일이다. 과학과 생물학을 온종일 배운 제자
에게 랍비가 다가가 물었다.

"자녠 세상을 살아가는 데 꼭 필요한 게 뭐라고 생각하나?"

수업이 모두 마무리될 즈음이었기에 제자 역시 대수롭지 않게
생각하고 답했다.

"지혜 아닙니까?"

"그것뿐인가?"

다시 질문하는 랍비를 보며 제자의 표정이 진지해졌다. 제자는
잠시 생각에 빠졌다가 빠르게 답했다.

"지치지 않는 체력, 어떤 상황에서도 흔들리지 않는 정신, 그리고……."

"또 뭐지? 말해 보게. 남은 하나가 뭔지."

"꿈을 실현할 수 있을 정도의 돈이 필요하다고 봅니다."

제자는 나름 합리적이고 조리 있게 설명했다고 생각했다. 하지만 랍비의 표정은 밝지 않았다. 그걸로 제자는 짐작했다. 그리고 랍비에게 물었다.

"아닙니까? 제 답이 충분하지 않은 겁니까?"

"하나가 빠졌기에 그렇다네."

"그 하나가 무엇입니까?"

제자의 질문에 랍비가 짧지만 강한 한 마디를 남겼다.

"착한 인간이야. 착한 인간이 세상에는 꼭 필요하다네."

진정한 사람다움은 쓰임새가 아니다

세상을 살아갈 때 필요한 지혜를 가르치는 게 교육이다. 탈무드의 랍비들 역시 마찬가지이다. 비록 신의 지혜를 배워 종교적인 신비에 몰입하려는 목적으로 시작했지만, 더 중요한 것은 일상을 살아가는 힘, 세상을 이해하는 이치와 원리를 배우기 위한 교육에 있다.

그런데 우리는 '교육을 받다', '가르치다'라고 할 때 언뜻 떠올리는 생각이 있다. 바로 실용성이다. 심지어 돈을 벌거나 취업에 유리한 기술이나 방법, 현장 경험을 익히는 게 교육의 전부라고 생각하는 경향도 있다. 그러다 보니 눈에 보이거나 곧바로 활용할 수 있는 것을 배우는 데만 급급하기 마련이다.

하지만 탈무드는 이러한 배움의 순서가 잘못되었다고 말한다. 실용성을 배척해야 하는 건 아니지만, 그것이 교육의 우선이 되어서는 안 된다는 것이다. 탈무드의 지혜에는 먼저 배워야 할 기본 교육에서 중요한 것은 사람으로서 세상을 살아가는 법이라는 일깨움이 스며들어 있다.

세상을 사는 내가 사람이지, 그럼 짐승이나 괴물이겠냐고 반문할 수도 있다. 하지만 누군가 사람, 사람다움을 명확히 설명하라고 하면 우리는 망설이게 된다. 반대로 직장이나 사회에서 쓰임새로 자신을 설명하라고 한다면 면접관에게 자기소개 하듯 청산유수가 되곤 한다. 세상에서 자신의 쓰임새가 곧 자기 자신이라고 착각하는 것이다.

하지만 우리는 모르지 않는다. 세상에서의 쓰임새로 나 자신이 평가된다면 그건 진정한 사람다움이 아니다. 진정한 사람다움은 쓰임새가 아니라 그 사람 됨됨이 자체를 말한다. 사람다움을 생각하는 사람이 곧 지혜가 말하는 착한 사람인 것이다.

폐기 처분되어야 할 생각은 무엇인가

한 사람을 쓰임새나 활용할 대상으로만 생각하는 사람은 언젠가 자기 자신도 도구로 가치 판단하면서 좌절할 것이다. 시간이 흐를수록 늙고 병들어 가는 자신을 보며 그는 외칠 것이다. "폐기 처분이 기다리고 있어!"라고.

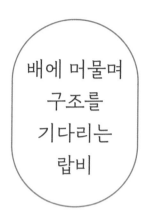

배에 머물며
구조를
기다리는
랍비

지혜를 찾아 여행하던 한 랍비가 탄 배가 큰 폭풍우와 맞닥뜨렸다. 결국 배는 급류에 휘말려 좌초했으며, 랍비는 어느 외딴섬에 고립되고 말았다.

외딴섬에서 정신을 차린 이는 랍비 혼자가 아니었다. 배에 탑승했던 승객들 중 절반 정도가 생존해 랍비와 함께 섬에서 깨어났다. 이들은 배를 고치고 다시 출발할 채비를 갖출 때까지 섬에 닻을 내리고 잠시 쉬어 가기로 의견을 모았다.

정체를 알 수 없는 그 섬은 매우 아름다웠다. 찬란한 원색을 머금은 꽃, 탐스러운 열매가 주렁주렁 열린 나무, 곱고 아름다운 새들의 지저귐까지. 어느 것 하나 버릴 것이 없는 찬란한 아름다움을 머금은 곳이었다.

섬이 매우 아름다워서 잠시 머무르며 푹 쉬고 싶다는 생각이 점점 사람들의 마음을 사로잡았다. 그래서였을까. 사람들은 배를 고치거나 구조 요청하는 일에 점점 관심을 끊고, 섬의 아름다운 환경과 편안한 시간을 즐기기 시작했다.

그렇지만 랍비는 달랐다. 랍비는 배에 머물며 구조를 기다렸다. 섬이 아무리 아름답고 먹을 것이 많아도 구조되는 기쁨은 섬에서 얻을 수 없었기에 배에서 기다리기로 결심했던 것이다.

결국 구조대가 도착했을 때 배에 남아 있던 랍비는 구출될 수 있었지만, 너무 멀리 떠나버린 다른 사람들은 배로 돌아오지 못하고 말았다.

원칙이 유연성을 살린다

주변 상황이 급변하더라도 잊지 말아야 하는 원칙이 있다. 탈무드의 지혜는 늘 시시각각 변화하는 상황에 긍정적으로 대처하는 유연함을 버리지 말아야 한다고 말한다. 때론 그 유연함, 변화에 대한 적응이 지나치다 생각될 정도로 파격적일 때도 있다.

하지만 탈무드는 변화에 파격적인 적응을 말하면서도 항상 놓치지 말라는 게 있다. 바로 원칙이다. 물론 원칙의 범위를 설정하는 건 중요하다. 자신이 세운 기준이나 해야 할 또는 하지 말아야 할 원칙이 지나치게 세부적이거나 주관적이라면 그 원칙은 문제가 있다. 아니, 탈무드의 지혜는 그런 기준 설정을 원칙이라 부르지 않을 것이다.

원칙에는 하나의 중요한 규칙이 요구된다. 이 원칙을 지키지 않았을 때 지금까지 나를 지켜오는 가장 중요한 부분이 무너지거나 흔들릴지도 모른다는 기준, 그것을 염두에 두고 원칙을 설정해 보라. 그 원칙으로 인해 우리는 인생이 흔들릴 때 많은 어려움 속에서도 버티며 나아갈 수 있는 것이다.

이 이야기에서 랍비는 하나의 원칙을 계속 마음속으로 붙잡고 있었던 게 틀림없다. 섬이 아무리 아름답고 먹거리와 즐길 거리가 넘친다 하더라도, 혹은 한 사람의 영혼을 매료시킬 만큼 대단하다 하더라도, 랍비는 지금 자신이 처한 상황이 언제까지나 구조를 기다려야 한다는 원칙을 잊지 않았다. 그랬기에 구조대가 도착했을 때 홀로 구출될 수 있었던 것이다.

시시각각으로 변하는 상황에 놀랍도록 유연하게 대처할 수 있는 열쇠를 우리는 오히려 확고한 원칙에서 찾을 필요가 있다. 다른 건 변해도 이것 하나만큼은 변하지 말아야 한다는 원칙, 그 원칙을 때때로 생각할 때 우리의 지혜는 녹슬지 않을 것이다.

변하지 않는 가치 리스트를 만들어 보라

갈수록 급변하는 지금 세상에 잘 적응하며 생존하고 싶은가? 그렇다면 인생에서 변하지 않는 가치 리스트를 작성해 보길 바란다. 급변하는 상황에도 흔들리지 않고 불변하는 가치가 진정한 적응력이다.

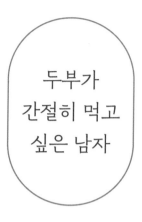

두부가
간절히 먹고
싶은 남자

자비심, 타인을 배려하고 어려운 사람에게 베푸는 마음을 경멸하며 살아온 한 남자가 있었다. 랍비는 제자들에게 이 남자의 이야기를 들려주며 그의 모습이 우리의 모습일 수도 있다고 강조했다.

그 남자는 그렇게 자신만을 위해 살아왔다. 그래서 남들이 볼 때 넉넉한 재산도 모을 수 있었다. 하지만 모든 사람이 죽음 앞에서는 겸손해지는 법. 그에게도 역시 죽음의 순간이 다가왔다. 죽기 전 가족들을 모두 불러 모은 남자는 문득 두부가 간절히 먹고 싶어졌다.

"두부가 먹고 싶어. 두부 한 조각만 맛봤으면 좋겠군."

가족들이 남자와 함께 식료품점에서 두부 한 모를 사 집으로 돌아갈 때였다. 한 가난한 노숙자가 임종을 앞둔 남자 앞에 나타나 불쌍한 눈으로 두부를 바라보며 말했다.

"너무 배가 고파요. 두부 한 조각만 줄 수 없을까요?"

무슨 마음이었을까. 평생을 이기적으로 살던 남자가 두부를 노숙자에게 나눠 주라고 말했다. 그 일이 있고 사흘이 지나자 남자는 목숨을 거뒀다.

남자가 죽고 사흘이 지난 뒤, 딸의 꿈에 남자가 나타났다. 남자의 입안에는 두부가 가득했다. 그는 딸에게 울먹이며 말했다.

"돌이켜보니 평생 내가 한 선행이라곤 죽기 직전에 두부 한 모를 노숙자에게 나눠 준 게 전부였어. 그래서 그런지 이곳에서 난 영원히 두부만 먹게 될 것 같다. 베풀지 않았던 삶이 너무 후회스럽구나."

현실의 모순을 있는 그대로 받아들여라.
그리고 행동하라

물론 이 이야기에서처럼 사후 세계가 존재하지 않을 수도 있다. 딸의 꿈에 나타난 남자의 말처럼 평소에 선행을 베풀어야 사후 세계에서도 안락할 수 있다는 발상이 더는 우리에게 설득력이 없을지도 모른다. 하지만 사후 세계의 비유가 없다고 해도, 아니 오히려 주어진 현실을 살아가는 지금 우리에게 이웃을 돌보는 마음이 없다면 얼마나 삶이 황량한 황무지 같겠는가. 우리의 감정은 얼마나 메말라 가겠는가.

탈무드의 지혜는 섬뜩할 만큼 분명하게 우리가 사는 현실의 모순을 꼬집는다. 한정된 자원이 부자와 가난한 사람에게 골고루 분배된다는 것 자체가 모순이기 때문에 불균형은 필수 불가결하게 나타난다. 부자가 있다면, 아니 최소한 경제적으로 안정된 삶을 사는 사람이 있다면, 안타깝게도 상대적으로 가난하여 늘 부족하고 불행에 빠지기 쉬운 사람도 있기 마련이다. 이것이 우리가 사는 세상의 참모습이다.

탈무드는 이 모순을 있는 그대로 이해하고 받아들여야 한다고 말한다. 그리고 행동하라고 요구한다. 이때 행동은 내 이웃, 힘겹게 삶을 꾸려가는 사람들과 어떤 방식으로든 함께하는 것을 뜻한다. 그 모순에 대한 솔직한 인정과 수용, 더 나아가 우리 주변의 가난하고 힘든 사람들을 함께 돌보고 바라보기. 그것을 시작으로 냉정한 현실의 모순을 조금씩 줄여 나간다면, 적어도 희망의 씨앗을 심을 수 있지 않을까. 늘 세상을 움직여 온 건 미약한 인간의 힘이었다.

진심으로 사랑하는 법

사람이 사람을 진심으로 사랑하고 아끼는 첫 출발은 어렵지 않다. 내가 사랑하고 싶은 사람을 있는 그대로 바라봐 주는 것. 그게 진짜 사랑이다.

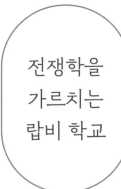

전쟁학을
가르치는
랍비 학교

유대인들은 늘 크고 작은 전쟁에 시달려 왔다. 그래서일까. 랍비
학교에서도 전쟁학이나 전쟁 전략을 가르칠 때가 많다.

하루는 제자가 전쟁에서 가장 중요한 전략이 무엇인지 물었다.
질문을 들은 랍비는 답했다.

"치열한 전쟁을 치르던 어느 날, 장군이 모든 부하가 지켜보는
가운데 연락병을 맞이하게 되었지. 연락병은 적에게 중요한 요충
지를 빼앗겼다고 보고했지. 그 소식을 들은 장군은 어떤 표정을
지었을까?"

제자가 잠시 생각하더니 답했다.

"전략적으로 중요한 곳을 빼앗겼으니 어쩔 수 없이 표정이 굳지 않았을까요?"

"맞아. 장군은 표정이 굳었고 당황한 기색이 역력했어. 당연한 반응이었지. 부하들에게도 경각심을 주고 싶었을 테니까. 하지만 그날 밤 장군을 모시는 전략가는 장군의 행동을 무섭게 책망하며, 장군의 행동이 실망스럽다는 말을 남겼다네."

"왜 그렇죠?"

"지도자가 당황하면 그 모습을 본 부하들은 겁을 먹고 용기를 잃는데, 이는 전쟁 중에 전략적 요충지를 뺏기는 것보다 백 배, 천 배 치명적이기 때문이지. 전략가의 말을 들은 장군은 자신을 바라보던 부하들의 절망 어린 표정을 떠올리곤 자신의 행동을 매우 후회했어."

진짜 솔직한 게 무엇인지 배워라

자신의 감정을 속이는 건 쉬운 일이 아니다. 사람의 마음은 여과 없이 오롯이 비치는 거울과 같아서 감정이 얼굴에 그대로 드러나기 때문이다. 때론 이처럼 숨길 수 없는 표정의 변화를 두고 솔직하다고 말한다. 또한, 솔직해야 한다고 격려하기도 한다. 마음속에 무언가를 쌓아 두고 있거나, 자기 자신에게 솔직하지 못하면 흔히 말해 속병에 걸릴 수도 있다는 게 지금 사회, 이 시대의 문화 트렌드인 듯하다.

하지만 그 솔직함에 대한 격려는 절반은 정답이지만 절반은 오답이다. 자기 자신에게 솔직한 사람이 전달하는 감정이나 표현이 상대에게 전혀 예측하지 못한 파장을 일으킬 수 있기 때문이다. 그 파장이 때론 긍정적인 효과를 이끌어 서로에게 기쁨과 행복을 줄 수도 있지만, 때론 부정적인 효과로 이어져 상대에게 상처를 입히거나 힘들게 할 수도 있다.

그 때문일까. 우리는 우리 자신을 지키기 위한 이유만이 아니더라도 상대를 배려하는 차원에서 우리 감정을 숨기거나 상대에게 여과된 감정을 표현하는 법을 익힐 필요가 있다. 서로 함께 더 깊은 관계를 맺고 감정을 쌓아가기 위해서라도 말이다. 이는 단순히 감정의 속임이 아니라 감정의 정화 작용에 가깝다. 분노와 슬픔, 기쁨과 환희의 감정은 자기 자신 안에서 소중히 품어 가꾸고, 상대에게는 적어도 상처를 주거나 감정이 침울하게 가라앉지 않도록 배려해야 한다.

잊지 말자. 내면을 가꾸고 다듬는 건 나 자신의 치유를 위해서만이 아니다. 주변 사람, 그들과의 관계 치유를 위해서이기도 하다는 사실 역시 잊어서는 안 된다.

자신을 지키기 위해 애써라

자신의 감정을 어떻게든 지키고 버텨 내려는 힘은 결코 이기적인 것이 아니다. 그건 모두를 위한 일이다. 내가 지키고 버틸 때 '너', 그리고 '우리'도 지킬 수 있다.

예기치 못한
신의 제안

유대를 세울 지도자가 시나이산 위에서 신을 만나는 순간이었다. 신이 지도자에게 만국을 통치할 권세를 허락하는 막중한 순간. 지도자는 두렵고 떨리는 마음으로 신 앞에서 신의 통치위탁을 받기 위한 마음의 준비를 했다.

그때 신이 지도자에게 예기치 못한 제안을 했다. 제안이라기보다는 명령에 가까웠다.

"절대적인 담보물 없이 널 진정한 지도자로 인정하긴 어렵다."

갑작스러운 신의 제안에 지도자는 당황했다. 곧 정신을 차린 지도자가 자신이 가진 재산 중 가장 귀하고 좋은 것들을 내놓았다.

하지만 신은 고개를 가로저으며 말했다.

"더 절대적인 담보물이어야 한다."

그 말을 듣고 지도자는 자신에게 지혜를 가르쳐 준 사람들을 데리고 왔다. 하지만 이번에도 신은 고개를 가로저었다.

"더, 조금 더 절대적인 담보물이어야만 한다."

고민하던 지도자는 결국 자신의 두 아들을 신에게 데리고 왔다. 그리고 물었다.

"신이시여, 제 자식들을 담보물로 삼아도 되겠습니까?"

그때였다. 신은 비로소 고개를 끄덕이며 말했다.

"순수하고 깨끗한 아이들을 통해 희망을 보았으니 되었다. 이제 데리고 가거라."

"네? 그게 무슨 말씀이십니까? 이 담보물도 받지 않으신다는 겁니까?"

"절대적인 담보물을 봤으니 더는 담보물이 필요 없느니라."

우리가 정말 중요하게 생각해야 하는 것은

우리가 사는 오늘은 절대 가치가 무너진 세상이다. 굳이 포스트모던이라는 거창한 철학 이론을 말하지 않더라도 절대적인 가치가 더는 허용되지 않는 다양성의 시대로 접어들었다. 하지만 이 다양성은 서로를 존중한다고 할 수 없다. 누가 더 높은 위치에 있는지, 누가 더 힘이 강한지를 저울질하기 때문에 영혼을 살찌우기보다는 황폐하게 만든다.

그렇기에 그 반대 개념인 절대 가치가 요구되는 세상이 찾아온 걸 부정하긴 어렵다. 여기서 절대 가치는 사람이 사람답게 살아갈 수 있는 최소한의 원칙을 말한다.

문제는 이 원칙을 스스로 찾아내려고 하지도 않고 관심도 없다는 데 있다. 우리 세상은 항상 다양성과 그 다양성의 물줄기 속에서 도출되는 쓰임새에 집중한다. 따라서 원칙이나 절대 가치에 무관심할 수밖에 없고, 원칙과 절대 가치는 우리 삶이나 감정과는 어떤 접점도 없는 황폐함에 빠지고 만다.

탈무드의 지혜는 신의 목소리를 빌려 우리가 정말 중요하게 생각해야 하는 것이 무엇인지를 알려 준다. 바로 순수이다. 우리는 다양성이나 관계에 휩쓸리지 않는 가장 특별한 감정, 어쩌면 인간 본연의 감정인 순수에 집중해야 한다.

순수는 '나'를 나답게 만드는 하나의 바탕이 된다. 인간 본연의 감정이 유연하게 흐를 수 있게 절대적인 바탕이 되어 주는 것. 그 덕분에 우리는 진짜 나다운 삶을 살 수 있다.

진실에 목마른 절대 가치를 찾아 나서는 용기

어느 시대를 막론하고 인간은 항상 진실에 목말라 했다. 하지만 우리가 진실의 가치를 모른다면, 진실을 향한 간절한 외침은 무의미할 뿐이다. 진실에 목마른 절대 가치를 찾아 나서자. 그 용기가 우리를 진정성 있게 한다.

노아의
방주

성서에 등장하는 유명한 이야기가 있다. 바로 〈노아의 방주〉이다. 세상이 타락해서 생긴 홍수에서 구원받을 수 있는 마지막 방주. 신은 노아에게 뭐든 짝이 있는 것을 방주에 태우라고 말했다. 남자와 여자, 수컷과 암컷, 어두운 것과 밝은 것, 길고 짧은 것, 그렇게 짝을 가진 모든 것이 방주에 탔다.

　〈노아의 방주〉를 가르치던 랍비가 짝을 강조하며 제자에게 질문을 하나 했다.

　"선善도 급하게 방주에 타려고 방주 앞에 다가왔다네. 하지만 노아가 만류했어. 왜 그랬을까?"

"쉽게 이해하기 어렵습니다만…… 선은 짝이 없기 때문 아니었을까요?"

"맞아. 그래서 선은 어떻게 했을까?"

제자들이 선뜻 답하지 못했다. 하지만 랍비는 제자들이 답하기 어려워하는 부분을 터무니없을 정도로 담담하게 답했다.

"당연히 그 짝인 악을 데리고 와서 함께 방주에 올랐어. 그래서 이때부터 선이 있는 곳에는 언제나 악이 함께 있게 된 거지."

내가 생각하는 선이 누군가에게는 악이 될지도

선과 악이란 주제는 오랜 시간 논의되어 왔고, 그 논의는 지금도 진행 중이다. 일상에서 선과 악이 쉽게 느껴지지 않는다고 생각할 수도 있다. 선하다, 악하다는 기준이 확연하게 드러나지 않는 게 일상의 특징이기도 하다. 그래서 일상을 살아갈수록 선과 악의 기준이 모호해지고, 특히 편견과 선입견으로 선 혹은 악을 판단하는 경우가 빈번해지면서 위험에 빠지기도 한다.

"이런 것은 선한 거야", "이건 선해야 돼"라는 기준을 당연한 것으로 여긴다. 반대로 "저건 정말 악한 거야", "저런 것은 절대 상종해서는 안 돼"라고 생각하는 것도 당연하게 받아들인다.

물론 자기만의 기준을 세워 선과 악을 판단하려는 태도는 필요하다. 자신이 세운 기준으로 사람들과 관계를 맺고 일상을 꾸려가는 것도 충분히 격려할 만하다.

　하지만 자신의 세계에만 갇혀 있다면 편견에 머무를 수도 있다. 자신이 세운 기준으로만 선과 악을 결정지을 경우, 자칫 자신이 생각하는 선이 다른 사람에게는 악이 될 수도 있으며, 자신이 생각하는 악이 다른 사람에게는 선한 가치가 될 수도 있다. 이 경우 상대적 선과 악의 가치 충돌로 결국 더 큰 분쟁과 다툼, 감정 소모가 일어날 수 있음은 불을 보듯 뻔한 일이다. 어떤 의미에서는 자신의 눈으로만 세상을 바라보는 것만큼 위험한 것도 없다. 주관적이라는 건 분명 필요하지만 다른 사람들과 함께할 수 있는 '주관'이어야 하기 때문이다.

　탈무드의 지혜에서는 선과 악이 시대와 문화, 한 개인이 생각하는 세계의 스펙트럼으로 결정될 수 있는 한계를 겸허히 인정하라고 요구한다. 그 인정에서 우리는 상대와 타인을 이해하는 법을 배울 수 있다. 더 나아가 나만의 기준으로 판단하고 아파하는 감정 소모를 최소화할 수 있다.

충분히 함께 아파하라

오늘날 세상은 종교적 가치로 선악이 분류되지 않는다. 더 중요한 건 가치 판단이 아니라 가치 공감에 있다. 충분히 함께 아파하고 함께 웃자. 그것이 선악을 넘어선 생명력 넘치는 삶의 모습이다.

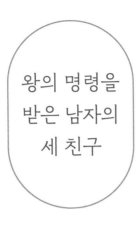

왕의 명령을
받은 남자의
세 친구

왕이 절대 권력을 가진 나라에 한 남자가 살았다. 남자에게는 믿고 의지하는 세 친구가 있었다. 어느 날, 왕은 조사할 것이 있다며 남자를 성으로 불렀다. 왕의 명령을 받은 남자는 덜컥 겁이 났다. 무슨 잘못을 한 걸까 하는 마음에 남자는 세 친구와 의논했다.

첫 번째 친구는 셋 중 가장 소중하게 생각했으며, 두 번째 친구도 서로 아끼긴 하지만 첫 번째 친구만큼은 아니었다. 마지막으로 세 번째 친구는 가깝긴 해도 앞서 두 친구만큼 친한 것은 아니었다.

남자는 친구들에게 부탁하면 왕에게 같이 가줄 것이란 기대를 가졌다. 그런데 이상한 일이 벌어졌다. 당연히 같이 가줄 것으로 알았던 첫 번째 친구는 들어 보지도 않고 남자의 부탁을 거절했으며, 두 번째 친구는 성문 앞까지는 같이 가 주겠지만 그 이상은 갈 수 없다고 말했다. 하지만 두 친구와 달리, 제일 안 친하다고 생각했던 세 번째 친구는 당연히 왕에게 함께 가주겠다고 하면서 다음과 같이 말했다.

"난 자네가 잘못한 게 아무것도 없으니까 왕이 부른 이유를 몰라서 오히려 두려워한다고 생각하네. 그러니 당연히 같이 가서 친구에게 힘을 보태 줘야지."

친밀함은 실제 관계와 다르게 나타날 수도 있다

우리의 삶은 점점 더 각박해지고 우리는 삶의 피폐함을 호소한다. 2000년대 이전만 해도 가족이 많고 허물없이 친구를 사귀던, 이른바 공동체 생활에 익숙했지만, 2000년대 이후로는 빠른 속도로 핵가족화가 진행되면서 혼자 사는 사람도 많아졌다. 일상에서 혼자 하는 것들이 늘어나다 보니 사람에 대한 갈증과 호기심이 더 커질 수밖에 없는 게 사람의 본능이다. 그 본능을 숨길 수 없기에 더 깊은 관계, 자신의 허한 마음을 채울 수 있는 친밀함을 더욱 쌓고 싶은 욕구도 강해지고 있다.

하지만 이 경우 쉽게 빠지게 되는 함정이 있다. 바로 친밀한 감정과 친밀한 상태는 다르다는 사실을 망각하는 것이다.

친절함이란 가치 역시 우리 감정의 환상일 때가 많다. 나와 너를 하나의 관계로 생각하기보다는 자신을 치유해 주는 감정, 자기 자신이 만족할 수 있는 감정을 우선시하는 경우 친밀함은 실제 관계와 다르게 나타날 수 있다.

탈무드의 지혜에서는 한 사람이 자신의 감정과 자기 자신만을 생각하는 친밀함은 경계해야 한다고 말한다. 그 친밀함은 자기만족일 뿐 의미 있는 관계로 연결되지는 않는다.

참된 친구, 참된 친밀함은 내 감정으로만 얻을 수 없다. 나를 벗어나 관계의 기준에서 친밀함을 바라보는 시각의 전환이 필요하다.

우리, 정말 친할까

내가 친하다고 생각하는 사람들에게 냉정하게 물어보자. 정말 내가 생각하는 만큼 그들도 날 생각하는지. 그 솔직한 답을 듣는 데서부터 우리의 인간관계도 변화한다. 솔직히 그 순간을 기다리는 것이 기쁘다.

행복의
주인공

한 랍비가 세상으로 긴 여행을 떠났다. 이유는 한 가지, 참된 삶 속
에서 깨달음을 얻기 위해서였다. 세상을 여행 중이던 랍비는 어느
작은 도시의 숙소에 짐을 풀었다. 저녁이 되자 주변에서 노랫소리
와 사람들이 떠드는 소리, 춤추는 소리가 들려왔다. 랍비는 혼잣
말을 하며 대수롭지 않게 넘어갔다.

"큰 잔치라도 있나 보네. 결혼식 같은 의식 말이야."

그런데 다음 날, 그다음 날에도 같은 소리가 들려왔다. 매일 비
슷한 노랫소리와 시끌벅적한 소리가 들려오자 랍비는 의문이 생
겼다.

'한 집에서 무슨 결혼식이 저렇게도 많을까.'

궁금증을 참지 못한 랍비가 숙소 주인에게 묻자 주인이 당연하다는 듯이 답했다.

"바로 옆에 결혼식장이 있습니다. 거의 매일 다른 커플의 결혼식이 치러지죠."

그 말을 들은 랍비는 혼잣말을 했다.

"행복은 매일 다른 주인공을 찾는구나. 영원히 행복의 주인공으로 사는 인간은 없어."

행복은 노력한다고 얻어지는 게 아니다

우리는 행복을 찾기 위해 다양한 노력을 한다. 하지만 행복해야 한다고 의식하는 순간, 우리는 현재 자신이 행복하지 않다는 전제를 갖게 된다.

이때 행복에 대한 치명적인 함정과 오류가 생긴다. 행복해야 한다는 의식이 현재 행복하지 않다는 전제에서 비롯된 거라면, 어떤 계기로 행복해져도 결국 그 행복은 또 다른 불만족과 미완성의 행복을 낳는다. 그 행복은 결국 또 다른 행복을 추구하기 위해 행복하지 않은, 심지어 불행한 가치로서의 전제가 될 뿐이다. 그 결

과 행복하다는 감정은 스스로 행복하지 않은 시간의 연속에 불과
하다.

탈무드의 지혜는 행복의 개념을 다르게 정의하라고 요구한다.
또한, 행복하지 않다는 전제에서 추구하는 행복은 더 이상 유효하
지 않음을 인정하고 돌아서는 것이야말로 진정한 행복을 찾는 첫
걸음임을 밝히고 있다.

진정한 행복은 행복하기 위해 쏟는 어떤 노력이 아니다. 오히려
그 반대로 아무것도 하지 않아도 행복할 수 있다는 사실을 깨닫
고, 그 깨달음을 꾸준히 실천하는 게 바로 진정한 행복의 지름길
일지 모른다.

행복하려고 노력하지 말자

한 번만이라도 행복하려고 노력하지 말자. 하루만이라도 행복이
란 깃발을 우리 인생 좌표에서 지워 보자. 그러면 오히려 더 찬란한
행복의 깃발이 저 너머에서 펄럭이지 않을까.

침묵의
기도

매일 습관처럼 침묵의 기도를 수행하는 랍비가 있었다. 랍비는 작은 목축업으로 생계를 꾸리며, 매일 아침마다 기도하는 습관을 게을리하지 않았다.

랍비가 아침마다 침묵의 기도를 한다는 사실을 아는 사람은 가족 외에는 없었다. 심지어 그가 기도를 하는지조차 알기 어려웠다.

어느 날, 랍비에게 한 손님이 찾아왔다. 랍비에게 나귀를 사기 위해서였다. 그는 랍비에게 가격을 물어보면서 시세가 어느 정도인지도 말했다. 랍비는 답하지 않았다. 침묵의 기도 중이었으므로 답할 수가 없었다.

랍비가 기도 중인 걸 모르는 손님은 초조해졌다. 그는 랍비의 침묵을 자신이 제시한 가격으로는 나귀를 팔지 않겠다는 의미로 받아들였다. 그래서일까. 손님은 마치 경매하듯이 계속 나귀의 가격을 올렸다. 하지만 그렇게 가격을 올려도 랍비는 묵묵부답이었다.

랍비가 침묵을 지키는 사이, 나귀 가격은 손님이 처음에 불렀던 가격보다 족히 열 배 이상 올라갔다.

수동적인 침묵과 능동적인 침묵에 대해서

우리가 사는 지금 세상을 한마디로 정의한다면 '말의 세상'이라고 할 수 있다.

우리 삶에서 말하고 표현하는 것이 큰 부분을 차지함을 부정하기는 어렵다. 시간이 흐를수록, 지금에 가까워질수록 말하기의 중요성은 더욱 커지고 있다. 요즘은 직접 노동해서 뭔가를 얻는 직업이 줄어들고, 말하기로 소기의 목적을 달성하려는 직업이 대세가 되었다.

하지만 그와 더불어 말의 과잉이 가져오는 약점, 위기, 폐해의 수준 역시 쉽게 막을 수 없는 수준에 이르렀다. 말하기로 자신의 의견을 주장하고 상대를 설득하는 일이 차고 넘치다 보니, 말의 경쟁이 더 심해지면서 정보 과잉, 가짜 뉴스, 말의 범람이 위험 수위까지 차오른 것이다. 이러다 보니 정말 필요하고 긍정적으로 받아들여야 하는 가치를 구분하고 선택하는 일이 더 어려워지고 말았다.

침묵에는 두 가지 종류가 있다. 왜인지 말하고 표현하는 게 두려워서 더는 하지 못하는 수동적인 침묵과 자발적으로 말을 하지 않는 능동적인 침묵이다.

사실 수동적인 침묵은 침묵이란 표현을 쓰긴 했어도 진정한 의미의 침묵이 아니다. 수동적인 침묵은 과잉된 말하기에 지치고 무한 경쟁에 겁먹어 입을 열지 못하는 경우이다. 따라서 우리가 말하고자 하는 침묵과는 전혀 다르다. 이 무의미한 침묵은 결국 사람을 더 황폐하게 만들 뿐이다. 이러한 수동적인 침묵은 참된 의미에서 탈무드의 지혜가 요구하는 침묵과는 거리가 멀다.

반대로 능동적인 침묵은 세상 그 어떤 지혜보다도 값지고 달다. 능동적 침묵은 말의 어려움 때문에 말문을 닫은 게 아니다. 더 깊고 넓은 세상을 보고 나누기 위해 침묵을 선택한 것이다. 상대를 입술의 중얼거림이 아닌 침묵의 행간에 담긴 의미로 대하는 것이다. 행간의 의미를 자연적으로 추구하는 침묵은 수많은 가짜 뉴스, 오염된 말들보다 훨씬 더 높은 가치를 지닌다. 능동적인 침묵에 눈을 떠 보자.

침묵을 즐기자

 침묵을 견디기 어려운 세상이 되었다고 무조건 체념하지 말자. 긍정적인 마음으로 침묵을 즐겨 보자. 고립감이나 우울감이 아닌 참된 여백을 느끼며 침묵을 받아들이자. 그 침묵이 우리에게 성숙한 깨달음의 손길을 내어 줄 것이다.

어머니의
유언장

아들에게 참된 지혜를 가르치려는 교육열이 높은 어머니가 있었
다. 어머니는 아들을 예루살렘에서 가장 유명한 랍비 학교로 보냈
다. 아낌없이 아들의 뒷바라지를 하던 어머니는 안타깝게도 중병
에 걸리고 말았다. 어머니는 유언장에 다음 내용을 남겼다.

"내가 가진 모든 재산은 우리 집 일을 돌보는 집사님에게 물려
주고 싶습니다. 다만, 내 아들에게는 모든 재산 중 하나만 선택할
수 있는 권한을 주려고 합니다."

유언장을 남긴 어머니는 곧 사망하고 말았고, 소식을 들은 아들
은 한걸음에 장례식장으로 왔다. 그리고는 어머니의 유언장 내용

을 확인했다.

장례를 마친 아들은 생각에 잠겼다. 아무리 생각해 봐도 유언장 내용이 이해되지 않았다. 그는 고민 끝에 스승 랍비를 찾아가 조언을 구했다.

"왜 어머니는 제게 재산을 남기지 않았을까요?"

그 말을 들은 랍비가 참된 뜻을 풀이해 주었다.

"만약 먼 곳에 있던 자네에게 모든 재산을 남긴다고 했다면, 자네가 오기 전에 집사가 모든 재산을 갖고 도망갈 수도 있었을 거네. 하지만 자기가 모든 재산을 받게 되었기 때문에 그는 재산을 잘 지켰던 것이지."

아들이 생각에 잠긴 사이에 랍비가 설명을 보탰다.

"자네는 어머니의 유산 중 하나를 고를 수 있어. 그게 뭘 뜻하는지 잘 생각해 보면 답이 나올 것이네."

스승 랍비의 말을 되새기던 아들은 결국 모든 재산을 물려받은 집사를 유산으로 선택했다.

아들의 머릿속에는 내내 어머니와 자신이 집사를 굳건히 믿으며 함께한 시간이 맴돌았다. 아들은 집사가 자신의 어머니와 함께 나눈 두터운 신뢰를 자연스럽게 떠올렸고, 결국 망설임 없이 집사를 유산으로 선택했던 것이다.

배려는 양보라고 보기 어렵다

탈무드는 어떤 이야기이든 '배려'라는 키워드가 스며들어 있다. 배려는 얼핏 보면 양보처럼 보일지도 모른다. 내가 손해를 보고 다른 이에게 양도해 주는 차원에서의 양보 말이다. 하지만 한 차원 더 나아가서 보면 배려는 양보라고 보기 어렵다. 양보는 실제 손해를 감수하고라도 타인과 관계를 개선 혹은 유지하는 행동으로 이해되기 때문이다.

그러나 탈무드의 지혜는 배려로 더 큰 실익을 얻을 수 있다고 말한다. 배려를 통해 얻은 실익은 당장 손에 잡히는 것과 먼 훗날 얻을 수 있는 것으로 나눌 수 있다. 놀랍게도 두 가지 이익 모두 배려를 행한 이에게 돌아간다고 탈무드의 지혜는 말한다.

사람마다 각자의 자리가 있고, 그 자리에 오래 있다 보면 자신의 위치를 지키고 싶은 욕망이 생긴다. 우리 역사에도 자리를 지키고 싶은 욕망이 결국 역사를 퇴보시켰음을 증명하는 순간이 있다. 조선 후기의 세도정치가 그랬고, 구한말 흥선대원군의 쇄국정책이 그러했다. 탈무드의 지혜는 타인이나 스스로에게 그 욕망을 부정하라고 요구하는 건 어리석다는 말을 남긴다. 욕망을 있는 그대로 인정하는 것에서 배려를 통해 더 큰 것을 함께하고 지속할 수 있는 길이 시작된다고 말해 준다.

각자의 욕망을 있는 그대로 인정하자

인생을 살아가는 데 일방적으로 나쁜 감정, 나쁜 상황이란 건 없다. 무엇이든 솔직하고 있는 그대로 받아들이는 게 삶을 제대로 살아내는 첫걸음이다. 좋고 나쁘고를 떠나서 각자의 삶을 있는 그대로 인정하자. 마음껏 응원해 주자.

아버지
랍비의
선택

한 랍비가 아들에게 정통 교육자가 아닌 실용주의자로 알려진 스승에게 교육을 받으라고 말했다. 아들은 아버지 랍비의 선택을 이해하기 어려웠다. 그는 랍비이자 아버지에게 따져 물었다.

"제가 왜 그분한테 가르침을 받아야 하죠? 그분은 정통적인 탈무드를 가르치지 않으세요. 언제나 세속적인 살림살이에만 관심을 가진단 말이에요."

하지만 아버지의 뜻을 거역할 수는 없었던 걸까. 몇 번 거부했지만 결국 랍비의 아들은 아버지가 선택한 스승의 학교를 찾아가 가르침을 받았다.

그렇게 몇 달 동안 집중적인 가르침을 받은 랍비의 아들이 집으로 돌아왔다. 랍비가 아들에게 무엇을 배웠는지 물었다.

"가르쳐 준 건 딱 하나예요."

"그 하나가 무엇이냐?"

"몸에 대한 지혜만 가르쳐 주더라고요. 이를테면 몸을 관리하고 다스리는 법 같은 거 말이에요."

불만 섞인 아들의 대답과 달리 아버지 랍비는 만족스러운 표정이었다. 그는 미소를 띤 채 아들에게 말했다.

"몸에 대한 이야기는 세속적 이야기가 아니다. 그건 지혜를 배우기 위해 꼭 지녀야 하는 건강에 대한 가르침이야. 그러니 앞으로 더 많은 깨달음을 그를 통해 얻을 수 있을 거다."

쓸모를 넘어서서

지금 우리는 어떻게 시간을 채우길 기대하고 바라는 걸까. 아마도 자신의 일상이나 자신의 일, 경제 활동에 도움이 되는 지식과 신기술을 익히는 데 자신의 시간을 쓰기 바랄 것이다. 하지만 그렇게 열심히 자신의 시간을 쏟다 보면 잊고 있던 질문, 그것도 아주 근본적인 질문 하나가 슬며시 고개를 치켜든다.

'내가 진짜 쓸모 있는 데 시간을 투자하고 있는 걸까?'

시간을 쓴다는 건 우리 인생에서 가장 중요한 자산을 투자하는 것과 같다. 시간은 우리가 얼마나 의미 있게 썼는지와 상관없이 흐른다. 당연한 말이지만 이미 흘러간 시간은 다시 되돌릴 수 없다. 시간은 그만큼 소중하고 역동적이다. 그런데 그 시간을 일하는 데만 쓰다 보면 결정적인 한 가지를 놓치게 된다. 우리에게 주어진 가장 기본적인 것, 바로 몸이다.

위의 이야기에서 말한 몸에 대한 정보, 배움은 사실 굳이 배울 필요가 없다고 생각하기 쉽다. 건강 관리에 도움이 되는 정보는 차고 넘치기 때문이다. 그리고 건강 지식을 얻는 것은 당장 필요한 경제 활동에는 도움이 되지 않아 보이기도 한다. 하지만 지혜자는 오늘의 우리에게 담대히 말한다. 정보를 아는 것과 정보를 얻고 나서 실천하는 건 매우 다르다고. 그리고 그 실천은 가장 기본적인 것에서부터 시작해야 한다고 말이다.

우리에게 언제나 가장 기본적이면서도 중요한 가치는 건강이다. 건강을 잃은 후 삶을 윤택하게 해 줄 지식을 얻는 게 무슨 의미가 있겠는가. 제대로 숨 쉴 수 있도록 내 소중한 몸을 돌보는 것. 그 기본을 잊지 않을 때 진짜 유익이 따라오는 법이다.

참된 행복은 참된 휴식에서 온다

충분히 물을 마시고, 눈이 부실 정도로 햇빛과 친해지는 것. 그리고 난처할 만큼 푹 쉬는 것. 그것만큼 행복에 빨리 도달하는 지름길이 또 있을까.

과일을
파는
노점상

한 랍비 학교 앞 거리에 과일을 파는 노점상이 있었다. 노점상의 상인은 중년 여성이었는데, 오랜 시간 가난에 찌들어 있었다. 그녀는 너무나 가난했던 탓에 유대인이라면 반드시 지켜야 하는 신성한 안식일을 지킬 수 없었다.

그러던 어느 날, 그녀가 원망하는 투로 랍비에게 말했다.

"랍비여, 저는 가난합니다. 그래서 안식일을 준비할 엄두조차 내지 못하고 있습니다. 이러면 저는 계속 죄와 더러움에서 벗어나지 못하는 거 아닙니까? 어떻게 하면 좋을까요?"

랍비가 답했다.

"당신이 팔고 있는 과일을 평일에 열심히 팔면 되지 않겠소?"

그러자 여성이 볼멘소리로 답했다.

"손님들이 제 과일은 맛이 없다며 사지 않으려고 합니다."

이 말을 들은 랍비가 제자들이 오가는 학교 앞의 거리에서 큰소리로 외쳤다.

"여기 정말 맛있는 과일이 있소. 지금 사지 않으면 안 될 거요."

랍비가 그렇게 말하자마자 사람들이 구름 떼처럼 밀려들었다. 그렇게 팔리지 않던 과일이 순식간에 모두 팔렸고, 여성은 가난에서 벗어날 수 있을 정도로 많은 돈을 손에 쥐게 되었다.

랍비는 많은 돈을 번 여성에게 한 마디만 남기고 떠났다.

"당신에게 처음부터 과일이 맛있는지에 대한 확신이 없었던 건 아닌지 생각해 보시오."

확신과 자신감의 차이

확신과 자신감은 조금 다르다. 때에 따라 해석이 다를 수 있겠지만, 확신은 내면에서 나 자신을 설득하는 과정에 가깝다. 반대로 자신감은 타인이나 외부 상황에서 비롯되는 감정에 더 가깝다. 그래서 사람들은 자신감을 불어넣기 위해 자기 자신에게 주문을 건다. "난 할 수 있어", "난 어떠한 일이든 자신감을 갖고 할 수 있어"라고 말이다.

가만히 생각해 보면 위의 주문은 내면의 설득이 아니다. 비록 자기 자신에게 기합을 불어넣듯 외친 주문이긴 해도 진정한 설득 과정이라 할 수 없다. 외부의 칭찬과 인정을 통해 얻게 되는 가치에 지나지 않는다. 그래서일까. 지나치게 채운 자신감은 때론 독이 되어 자신에게 돌아오기도 한다. 또한, 자만감으로 연결되어 일이나 관계를 심각한 수준으로 그르치기도 한다.

확신은 성취에서 오는 설득보다 더 깊은 것이다. 그것은 성취 여부와 관계없이 내가 무언가를 하고 있는 그 자체를 무한 긍정하는 것이다. 다시 말해 확신은 성공, 성취, 타인의 평가가 우선이 아니라 '내 자신이 이 일을 해내고 있구나'라는 생각을 긍정하는 데서 채워진다. 그렇게 채워진 확신이 우리를 강하게 만든다. 흔히 말하는 내면이 단단한 사람은 바로 그 지점에서부터 하나하나 쌓아 올라간 사람을 말한다.

내면이 강한 사람은 겉으로 보기엔 약해 보일 수도 있다. 겉으로 보이는 모습을 가꾸기보다는 내면이 더 단단해지는 과정을 추구하기 때문이다. 그렇기에 내면이 단단해지는 과정에서 더욱 필요한 것이 있는데, 바로 확신이다. 다른 누구의 평가에 의존하지 않는 자기 확신이 그렇다.

변화의 시작

　타인과 비교하지 말고, 비교당하지도 말고, 그저 즐기는 마음으로 오늘 나에게 주어진 길을 뚜벅뚜벅 걸어가는 기쁨을 누리자. 현실이 그걸 허용하지 않더라도 꾸역꾸역 해 보자.

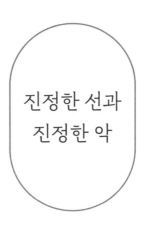

진정한 선과
진정한 악

진정한 선과 진정한 악에 대해 늘 궁금해하던 랍비가 있었다. 랍비는 모든 지혜에 통달했다고 믿었지만, 그 궁금증만큼은 끝내 해결하지 못한 채로 죽고 말았다. 랍비는 죽은 뒤 내세에서 신을 마주하게 되었다.

신은 랍비에게 말했다.

"나는 선한 인간에게는 큰 산을 보여 줄 것이고, 악한 인간에게는 작은 솜털을 보여 줄 것이다. 그러면 이들 모두는 큰 울음을 터트리고 말 것이다."

신의 말을 들은 랍비가 궁금해서 물었다.

"신이시여, 어째서 선한 인간과 악한 인간 모두가 울음을 터트린단 말입니까?"

신은 랍비의 질문에 한 치의 망설임도 없이 답했다.

"선한 인간은 '내가 어떻게 이처럼 큰 산을 정복했을까' 하며 감격의 눈물을 흘릴 것이고, 악한 인간은 '내가 어떻게 이따위 솜털조차 정복하지 못할까' 하며 억울함의 눈물을 터트릴 것이다."

같은 상황에서도 선과 악이 나뉜다

같은 상황, 동일한 관계라 하더라도 우리가 이를 어떻게 해석하고 받아들이느냐에 따라 삶이 달라진다. 이때, 긍정적인 삶을 살려면 첫 명제부터 수정해야 한다. 다시 말해 주어진 상황을 어떻게 해석하느냐에 따라 주어진 상황 자체가 달라진다.

그렇기에 탈무드의 지혜는 이러한 적극적인 해석과 수용 과정을 단지 마음가짐 정도로 취급하지 않는다. 아예 상황, 처음 설정을 바꾸는 과정으로 바라본다.

앞에서 말한 이야기 역시 마찬가지이다. 이 탈무드에서는 지혜를 깨달은 이를 선한 사람으로, 지혜를 깨닫지 못하고 자신의 처지와 상황만을 탓하는 이를 악한 사람으로 구분했다. 두 사람 모두 주어진 상황을 받아들이면서 울음을 터트리지만 그 울음은 서로 다른 의미를 갖고 있다. 선한 사람의 눈물은 환희와 감격의 눈물이고 악한 사람의 눈물은 억울함과 원망, 분통의 눈물이다.

돌이켜 보면 두 눈물에 담긴 감정 소모, 그로 인한 파장은 선한 사람과 악한 사람 사이에 너무도 큰 간격을 만든다. 감격의 눈물과 억울함의 눈물은 과연 어떤 결과로 이어질까. 상상만으로도 이후의 선택에서 큰 차이를 보일 것임을 알 수 있다.

그 차이는 어디서 오는 걸까. 같은 상황을 전혀 다르게 해석하고 받아들이는 것에서부터 시작한다. 선한 사람은 눈에 보이는 상황을 감격과 긍정의 시각으로 재구성해서 해석하고 받아들였다. 즉 주어진 환경 자체를 악한 사람과는 다르게 설정한 것이다. 이렇듯 설정을 바꾸어서 흘리는 눈물, 그 감격은 선한 사람에게 앞으로 삶을 헤쳐나가는 데 진정한 힘을 줄 것이다. 미래를 거뜬히 헤쳐나갈 수 있는 힘을 말이다.

하지만 악해서 주위를 돌볼 줄 모르는 사람은 억울함의 눈물과 탄식에만 집중한다. 자신을 돌아보고 미래를 준비하기보다는 남의 탓만 하며 과거에 머무른다. 이걸 보면 우리의 길은 더욱 분명해진다. 미래를 대비하는 힘은 긍정의 눈으로 세상을 보는 데 있다.

긍정의 눈물을 흘리자

　같은 상황이라 해도 긍정의 눈으로 보느냐 부정의 눈으로 보느냐에 따라 천국과 지옥으로 갈라질 수 있다. 인생의 순간순간 내가 처한 상황을 어떻게 보고 받아들이는가로 나의 삶이 결정된다. 긍정의 눈물을 흘리는 사람이 되자.

시골에서 온
랍비

시골에 사는 랍비가 대도시에 사는 랍비의 초대를 받아 도시에 가게 되었다. 도시에 사는 랍비는 시골에 사는 랍비의 초라한 행색을 보곤 깜짝 놀라 말했다.

"아니, 어떻게 이런 지저분한 옷을 입고 이 화려한 도시에 올 생각을 했는가?"

그러자 시골에서 온 랍비가 답했다.

"난 이 도시가 처음이야. 이 도시에 내가 아는 사람이라곤 자네밖에 없지. 그러니 내가 무슨 옷을 입든 별 상관없지 않은가."

그 만남이 있고 몇 달의 시간이 지났다. 이번에는 도시에 사는 랍비가 시골에 사는 랍비를 찾아갔다. 시골에 사는 랍비는 지난번과 똑같은 지저분한 행색이었다. 도시에 사는 랍비가 의아해하며 물었다.

"이봐 자네, 지난번에 나를 찾아왔을 때도 이 지저분한 옷을 입더니 여기서도 같은 옷을 입고 있는가. 자네는 마을 사람들의 존경을 한 몸에 받는 랍비야. 왜 이런 꼴로 있는 거지?"

그러자 시골에 사는 랍비가 답했다.

"이 마을에서는 내가 랍비라는 걸 모르는 사람이 없어. 그러니 내가 무슨 옷을 입고 다니든 무슨 상관이란 말인가."

보이는 모습이 전부가 아니다

옷을 차려입는 것과 화려한 미사여구로 말하는 것은 매우 닮았다.

탈무드는 이번 이야기에서 랍비는 어디에 가든 랍비라는 사실을 말해 주고 있다. 그런데 이 이야기를 들으면 여러 질문이 떠오른다. 가장 큰 질문은 다음과 같다.

"정말 랍비가 아무 행동을 하지 않아도 사람들이 그가 랍비라는 사실을 알 수 있을까?"

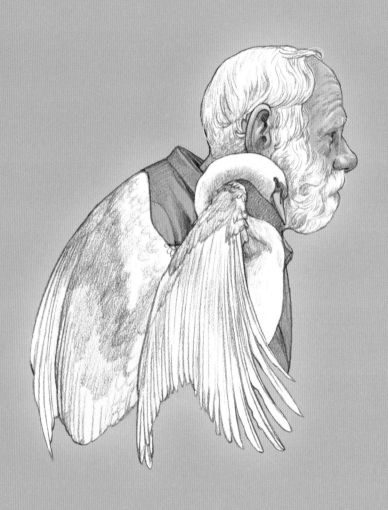

"랍비도 스님처럼 일반인과 전혀 다른 의복을 입을까?"

놀랍게도 두 질문 다 유효하다. 사람들을 가르치지 않으면 사람들은 랍비를 랍비로 알 수 없을뿐더러, 당시 정황상 랍비가 종교인처럼 특정한 복장을 하는 경우도 흔치 않았다. 다시 말해 사람들이 랍비를 보더라도 그의 내면에서 길어 올리는 지혜를 이해하고 받아들이기 전에는 그가 랍비인지 알아보기 어려웠다는 말이다.

그런 맥락이라면 도시에 사는 랍비의 지적이 어떤 면에서는 타당해 보인다. 의복과 말솜씨처럼 보이는 요소가 그 사람을 랍비 혹은 지혜자로 알아보게 만든다면 랍비의 가르침을 훨씬 더 빨리 전달할 수 있을지도 모른다.

하지만 이 경우 가르침을 빨리 전달할 수는 있어도 참된 지혜를 전달하기는 어려울 것이다. 랍비의 화려한 언변과 준수한 용모에 취해 정작 랍비가 진정으로 전하고자 하는 가르침에는 귀 기울이지 않을 수 있다는 의미이다.

랍비가 랍비임을 증명하는 것, 지혜가 지혜임을 알아보는 것에서는 타인의 시선이 먼저가 아니다. 일단 나 자신이 이해하고 아는 게 중요하다. 거기서부터 참된 지혜가 시작된다.

더 깊이 들어가 보면 나를 속일 수 있는 세련되거나 치밀한 거짓말은 존재하지 않는다. 지혜 역시 마찬가지이다. 지혜의 깊이가 나의 내면에 차곡차곡 쌓이면 그 내면에 축적된 지혜는 결코 나를

속이지 않는다. 나 자신이 이해하고 습득한 지혜, 내면에 축적된
지혜를 바라보자.

자기 자신을 먼저 설득하라

내가 나를 설득하지 못했다면 그게 무슨 일이든 시도하지 마라.
나 자신이 충분히 이해하지 못한 상태에서 인정받는다면 그것만
큼 불행한 일은 없다.

노동의
가치

탈무드를 공부하던 한 총명한 제자가 깊은 의문에 빠졌다. 그는 인간의 지혜가 담긴 탈무드를 배우는 데 과연 노동이 어떤 의미와 가치를 가지는지 회의적인 마음이 들었다. 그는 스승에게 물었다.

"노동의 가치를 알고 싶습니다. 얼마나 가치가 있을까요?"

제자의 질문을 받은 랍비가 꼬박 하루를 보내고 같은 시간에 돌아와 말했다.

"이 세상 최초의 인간이 빵 한 쪽을 얻기 위해 얼마나 노력했는지 아는가?"

"잘 모르겠습니다. 짐작하기 어렵습니다."

"빵 한 쪽을 얻으려면 먼저 밭을 갈고 씨를 뿌려야 해. 그리고 밭을 가꾸고 한참이 지난 뒤 밀을 수확하지. 거기서 끝이 아니야. 수확한 밀을 갈아 가루로 만든 다음, 그것을 반죽해서 구워야 비로소 빵을 먹을 수 있지."

"하지만 요즘엔 돈만 있으면 어디서나 잘 구운 빵을 쉽게 구할 수 있지 않습니까?"

"그건 예전엔 혼자서 했던 모든 일을 요즘엔 여러 인간이 나눠 하는 덕분이라네. 하지만 빵을 만들기 위해선 수많은 이들의 노동을 피할 수 없어. 따라서 그 많은 이들의 노동에 항상 감사하는 마음을 가져야 하지."

지속 가능한 가치의 전부는 사랑이다

아무리 산업화, 세계화, 기술 발전이 이뤄졌다 하더라도 인간에게 본래 주어진 환경이 변한 건 아니다. 먹고, 마시고, 사랑하는 법. 그것은 제아무리 문명이 발달하고 사회구조가 변한다 해도 변하지 않는 불변 가치이다.

그 불변 가치를 인간은 부정할 수 없다. 그렇다면 불변 가치에 대한 소중한 성찰이 이루어져야 한다. 이를테면 불변 가치는 너무나 당연히 주어진 것이기에 소홀히 여기는 반면, 불변 가치가 아닌 시대 상황에 맞는 가치를 좇고 있지는 않은가 하는 것이다. 예를 들어 가상 화폐에 투자하는 법, 신기술 익히기, 또 재산 증식에 필요한 정보 등에 시간과 돈, 노력을 낭비하지는 않는지, 그 외에도 많다.

이렇게 말하면 누군가는 공격적으로 질문할지도 모르겠다. 너무 추상적이고 이상적인 가르침 아니냐고 말이다. 그 관점에서 탈무드의 지혜를 살펴보면 너무 이상적이게만 보일지도 모른다. 어느 면에서는 일리 있는 지적이기도 하다. 하지만 더 깊이 헤아리면 이 질문이 합리적이지 않다는 걸 알 수 있다.

먹고, 마시고, 사랑하는 것은 지속 가능해야 할 가치다. 불변 가치라 함은 당연한 거니까 대수롭지 않게 하루하루 넘겨도 된다는 의미가 아니다. 지속 가능하게, 그리고 날마다 새로운 의미로 재구성해야 할 가치란 의미이다. 인간이 사는 모습은 다 똑같다고 말하면서도 불변 가치를 계속해서 추구하는 이유는 그 안에 우리 삶의 모습이 담겨 있기 때문이다.

따라서 우리는 먹고, 마시고, 사랑하는 이 가치를 대충 넘기는 일 없이 소중하게 아끼고 감사하는 마음을 갖고 대해야 한다. 불변 가치가 우리 삶을 충만히 채울 때, 우리는 비로소 살아 있다는 사실에 감격할 것이다.

하루하루 기도해 보자

하루하루 기도해 보자. 신을 믿지 않아도 상관없다. 기도하는 그 순간, 우리는 이렇게 살아가는 우리 자신이 기적임을 긍정하게 될 것이다.

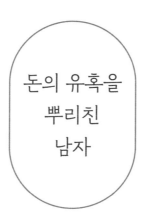

돈의 유혹을
뿌리친
남자

고대 이스라엘의 어느 마을에 착한 이가 살았다. 그는 매우 값비싼 진주를 소유하고 있었다.

어느 날, 사원 건축을 준비하던 랍비가 사원의 정점을 장식하기 위해 쓸 만한 보석을 찾던 중 남자의 진주를 발견하게 되었다. 랍비는 많은 돈을 줄 테니 그가 가진 진주를 당장 팔라고 제안했다. 랍비는 그 진주가 정말 필요했기에 어떤 대가를 지불하고라도 사야겠다고 생각했다. 하지만 남자는 돈의 유혹을 뿌리치며 대답했다.

"어렵겠습니다."

"왜 어렵다는 겁니까? 얼마든 더 후하게 쳐줄 수 있다고 하지 않소.”

“보시죠. 지금 진주를 보관해 놓은 금고는 제 아버지가 주무시는 자리에 있습니다.”

“그래서요? 그게 무슨 문제라도 되오?”

“아버지가 지금 주무시는데 제가 진주를 팔자고 아버지를 깨울 수는 없습니다.”

랍비는 순간 생각에 잠겼다. 그는 비록 진주를 얻지 못했지만, 남자의 효심에 감탄해 이 이야기를 사원을 기념하는 탈무드의 주요 교훈으로 알리기로 결심했다.

나의 진심을 부모님께 전하려면

어쩌면 위 이야기 속의 남자가 무모하고 어리석어 보일지도 모른다. 또한, 이런 질문이 떠오를 것이다.

“잠깐 아버지가 피곤하고 불편하더라도 아버지를 깨워 진주를 랍비에게 파는 게 낫지 않을까? 후하게 값을 치른다고 하지 않았나. 진주를 팔고 받은 돈을 아버지에게 효도하는 마음으로 선물하면 그게 더 큰 효가 아닐까?”

하지만 이 의문을 더 깊이 생각해 보면 반대 질문이 너무나 예리하게 우리 마음을 찌른다.

"아버지가 어떤 걸 원하실지 모르지 않는가."

그렇다. 효는 부모의 마음을 헤아리려고 노력하는 것이다. 경제적 논리, 세속적 논리로 보자면 아버지를 당장 흔들어 깨우는 게 부모와 자기 자신 모두가 잘되는 길일 수 있다. 하지만 이 이야기에 등장하는 아들은 평소 아버지가 불편함 없이 생활하는 그 일상 자체를 수백, 수천억 원의 가치보다 더 소중하게 여겼던 것이다. 이러한 깨달음은 그가 오랫동안 아버지와 쌓아 온 관계에서 얻은 것이다. 이를 단지 객관적 관점에서 판단하고 가치 경중을 말한다면 그 자체가 어리석은 일이다.

효를 다하는 것이 어려운 이유는 부모님의 내리사랑이 너무 크기 때문이다. 부모의 자식 사랑이 효심보다 훨씬 더 크기에 효를 다하고자 한다면 반드시 부모가 뭘 원하는지 헤아려 살펴야 한다. 헤아려 살피는 일, 그것이 마음을 다해 부모를 사랑하는 지름길이다.

부모님을 사랑하는 마음 자체엔 의심의 여지가 없다. 사랑하는 마음, 효심은 누구나 다 갖고 있는 진심이다. 하지만 그 진심을 부모님에게 정확하게 전하려면 부모님의 상황, 무엇보다 부모님이 진심으로 원하는 것이 무엇인지 알기 위해 귀를 기울이는 노력이 필요하다. 부모님께 집중해서 노력하지 않는 효는 효가 아니다.

진짜 기쁜 일은 상대를 알아가는 것

상대가 진정으로 무엇을 원하는지 알아가는 일, 그것만큼 어려운 일도 없다. 하지만 그것만큼 기쁘고 사랑스러운 일 또한 없다. 상대의 마음보다 내 마음을 우선시 여기지는 않는지 돌아보자.

시작과
죽음

한 랍비가 죽음의 두려움에 사로잡힌 이웃 남자의 병문안을 갔다. 잦은 병치레로 고통받던 남자는 죽음의 두려움을 극복하지 못하고 괴로워하고 있었다. 랍비는 어두운 표정의 이웃 남자에게 말했다.

"손을 줘 보시겠소?"

남자가 떨리는 손을 내밀었다. 남자의 손을 잡은 랍비가 차분한 목소리로 말했다.

"인간은 태어날 때 두 손을 있는 힘껏 쥐고 태어납니다. 왜 그런지 아시오?"

"새롭게 시작하기 때문 아닐까요?"

"본능적일 수도 있겠지요. 두 손으로 이 세상의 모든 것을 움켜잡으려고 하는 욕망에서 비롯된 본능 말이오."

"그렇군요."

"반대로 인간이 죽을 때는 손이 어떻게 될까요? 죽을 때는 두 손을 활짝 펼 수밖에 없소."

"어째서 그렇죠?"

"죽을 때는 남아 있는 사람들에게 가지고 있는 모든 걸 내줄 수 있는 용기가 생기기 때문이오."

"그렇군요."

"지금 당신의 두려움은 움켜쥐고 시작하려는 욕망에서 비롯되는 것 같군요. 오히려 두 손을 펴고 누군가에게 자신의 것을 넘겨준다고 생각해 보시오. 두려움은 사라지고 기쁨이 그 자리를 채울 거요."

끝과 시작은 맞닿아 있다

이 이야기는 언뜻 보면 죽음을 각오하면 못할 일이 없다는 깨달음을 주는 것 같다. 하지만 지혜자는 이 이야기를 통해 죽음을

처음부터 다시 생각해 보라고 말한다.

일단 죽음을 부정적으로만 생각하지 말 것. 우리는 죽음을 생각할 때마다 부정적인 이미지를 떠올린다. 죽음을 세상과의 단절, 모든 관계의 끊어짐이라고 생각하는 것이다. 하지만 살아 있음과 죽음은 사실 매일 우리 곁에 함께한다. 그렇기에 우리는 매 순간을 단절과 새로운 시작의 공존으로 이해할 필요가 있다.

또한, 죽음은 욕망을 새로운 눈으로 보게 해 준다. 참된 욕망은 다르게 보면 살아갈 힘을 주는 동력이다. 하지만 그 욕망이 죽음의 두려움 때문에 좋지 않은 방향으로 일그러져 버렸다. 더 많이 움켜쥐려는 욕망으로 변해 버린 것이다.

죽음을 살아 있음과 함께 움직이는 정신적 활동으로 받아들이자. 새롭게 바뀐 죽음의 눈으로 욕망을 대할 때 우리 영혼은 한층 더 편안한 기쁨을 맞이할 것이다.

오늘이 마지막인 것처럼 살자

죽을 각오로 살지 말고 죽음을 받아들이는 마음으로 오늘을 살자. 우리에게 주어진 오늘이 마지막인 것처럼.

두 랍비

한 랍비 학교에 이름난 두 명의 랍비가 있었다. 지혜와 총명에서 이 둘의 자웅을 겨루기란 어려웠다. 두 랍비에게는 두 명의 제자가 있었다. 그 둘은 자신이 섬기는 스승 랍비가 가장 높은 차원의 지혜를 얻은 존재라 믿었다.

　그러던 어느 날, 집이 같은 방향인 두 제자가 함께 걸어갔다. 둘은 걷는 동안 각자 자기가 존경하는 랍비 이야기를 했다.

　"넌 우리 스승님이 날마다 신과 소통한다는 걸 모르는구나."

　"그게 말이 된다고 생각해? 스승님이 신과 소통한다는 걸 어떻게 확신해?"

"어제 우리 스승님이 그렇게 말씀하셨으니까."

"혹시 네 스승님이 거짓말하는 건 아닐까."

"그 말은 잘못되었어."

"뭐가 잘못되었단 말이지?"

"잘 생각해 봐. 신께서 정말 거짓말이나 하는 스승과 대화하신 다고 생각해? 그건 있을 수 없는 일이야."

섣불리 답을 정하지 말자

이 이야기를 듣고서 과연 누가 스승에 대해 옳은 말을 했다는 생각이 드는가.

탈무드의 지혜에서 주목할 점은 많지만 그중 가장 중요한 게 있다. 바로 탈무드에서는 섣불리 정답을 정하지 않는다는 사실이다. 랍비들은 한 가지 주제를 놓고도 끊임없이 토론하며 답을 찾아갔다. 한 가지 답에 쉽게 안주하지 않았다. 잠정적으로 "이게 답이야"라고 결정하는 순간에도, 여러 관점에서 생각하며 새로운 답을 찾는 훈련을 멈추지 않았다. 그렇기에 우리 역시 이 이야기의 답을 새로운 관점에서 구할 필요가 있다.

스승은 절대 거짓말을 할 수 없다고 말한 제자와 신과 소통한다는 말을 신뢰할 수 없다고 말한 제자 중 누구의 말에 마음이 더 기우는가. 대체로 스승을 절대적으로 신뢰하는 제자에게 더 마음이 기우는 게 사실이다. 하지만 좀 더 이성적으로 생각하면 오히려 상식적인 선에서 의문을 갖고 질문을 던지는 것이야말로 스승을 신뢰하는 제자의 의무가 아닐까.

신과 날마다 소통한다는 말이 신의 철학과 지혜를 나누는 차원에서 나오는 말이라면 신뢰하기 쉽겠지만, 그게 아니라 스승에 대한 맹목적 믿음에서 나온 거라면 오히려 그 맹목적 믿음을 경계해야 하지 않을까.

그런 측면에서 스승은 절대 거짓말을 할 수 없다고 무조건 믿는 제자보다는 의문을 품고 질문할 수 있는 제자가 더 스승을 위하는 거라고 볼 수 있다.

무엇이 중요한가

우리는 왜 이 일을 하는가? 어떤 일의 본질을 파악할 때 정말 중요한 것이 무엇인가를 먼저 생각하자. 일의 본질은 잊어버리고 본질이 아닌 것 때문에 고민하고 있는 건 아닌가 생각하자.

상처 입은
나귀

뛰어난 지혜와 언변을 지녔지만 쉰 살이 다 되도록 한 권의 책도 남기지 못한 랍비가 있었다. 어느 날 그의 아내가 답답한 나머지 랍비에게 예루살렘으로 건너가 공부해 보는 게 어떻겠냐고 제안했다. 랍비는 아내의 말을 듣고 한심하다는 듯 답했다.

"내 나이가 벌써 오십이오. 내가 지금 뭘 할 수 있겠소? 이해력도 부족하고, 인간들의 비웃음만 살 뿐이오."

"그게 아니라는 걸 제가 증명해 보이면 공부하러 가겠어요?"

"어떻게 증명한단 말이오?"

"제게 등에 상처가 난 나귀 한 마리만 갖고 와 보세요."

아내의 말을 들은 랍비가 시장에서 상처 입은 나귀를 데리고 왔다. 랍비의 아내는 정성껏 나귀의 등에 난 상처를 치료해 주었다.

그렇게 치료한 나귀를 아내가 시장으로 데려갔다. 다들 처음에는 상처 난 나귀의 우스꽝스러운 모습을 보고 큰 소리로 웃거나 조롱했다. 하지만 그 이튿날에도 시장에 나가자 웃음소리가 잦아들었다. 셋째 날, 그들을 보고 웃는 이는 한 명도 없었다. 그때 아내가 랍비에게 말했다.

"보세요. 처음엔 모두 늦은 나이에 공부하는 당신을 비웃을 수 있겠지만, 그다음 날엔 아무도 당신을 비웃지 않을 거예요. 또 그다음 날이 되면 그들이 당신의 뜻을 존중하게 될 거예요."

배움에는 우선순위가 없다

배움에는 멈춤이 없어야 한다는 격언을 기억하는가. 구구절절 옳은 말의 차원을 넘어서 이제는 식상하다고 생각할지 모른다. 하지만 정작 배움을 제대로 실천하는 경우는 많지 않다.

배움을 멈추는 데는 여러 이유가 있다. 가정사를 돌보기 바빠서, 직장 일로 눈코 뜰 새가 없어서, 사람들과 어울리는 일이 너무 즐거워서……. 배움을 우선시하기에는 일상에서 요구되는 중요한 일이 너무 많다. 하지만 학창 시절이 아니면 배우기 어려운 결정적인 이유는 따로 있다. 바로 나이가 들수록 타인의 시선과 평가를 의식하기 때문이다.

뭔가를 새롭게 시작하려 할 때, 우리는 나 자신의 동기부여보다는 다른 사람의 말과 평가를 우선시하게 된다. 그리고 일반적인 인생 단계를 생각한다.

"내 나이에 공부가 말이 돼?"

"그보다 중요한 일이 얼마나 많은데. 철없는 소리 하지 마."

이러한 말들이 비수가 되어 우리의 배움을 가로막을 때가 많다.

하지만 앞서 말한 격언을 떠올리면, 타인의 시선이나 사회적 통념 때문에 배우기를 주저한다는 건 너무 어리석은 처사임을 알 수 있다. 지금이라도 타인의 시선, 주위 평가 등은 과감히 내려놓아야 한다. 배움은 부끄러운 일이 아니며 배움의 중요성은 아무리 강조해도 지나치지 않다. 그 당연한 진실에서부터 시작해야 한다.

배우고자 하는 마음이 주변을 의식하는 마음을 넉넉히 압도해야 한다. 이를 상식적으로 생각해 보면 더욱 분명해진다. 배우는 일, 그 자체를 타인에게 허락받고 할 필요는 없기 때문이다. 그런데도 내가 아닌 타인 때문에 지금 시작하지 못하고 있는 일은 없는가 돌아보자.

배움의 힘

배우고, 배우고, 또 배우자.

다른 모든 교훈이 이곳으로 수렴될 테니까.

배움으로 가득한 나만큼 충만한 것도 없을 테니까.

행복의
길

진정한 행복이 무엇인지 알고자 사색하고 탐구하던 랍비 학교의 학생이 있었다. 그는 행복을 살 수 있다고 믿었다. 그리고 행복을 사고팔 수 있다면 많은 사람이 자신에게 관심을 갖고 모여들 거라는 확신을 가졌다.

그 학생의 짐작은 맞았다. 그가 행복하게 사는 비결을 안다고 말하자 많은 사람이 구름 떼처럼 모여들었다. 그들은 행복을 갈망했고, 그 비결을 살 수만 있다면 뭐든지 하겠다며 아우성쳤다.

그러자 다른 학생들도 너나없이 행복하게 사는 비결을 알려 주겠다고 호언장담하기 시작했다. 역시 많은 무리가 모였다. 행복에 대한 관심은 상상을 초월했다.

학생들이 행복의 비결을 파는 모습을 보고 교장 랍비가 학생들을 불러 모아 행복의 비결이 무엇인지 물었다. 그러자 학생들이 이구동성으로 말했다.

"진실로 행복하게 사는 비결은 자기 혀를 조심해서 쓰는 것, 그 하나입니다."

소통으로 우리는 무엇을 얻을 수 있을까?

혀는 곧 말하는 것을 뜻한다. 말은 표현이며 동시에 소통이다. 소통으로 우리는 무엇을 얻을 수 있을까? 아니, 소통하려는 궁극적인 목적이 무엇인가? 바로 행복이다.

우리는 위의 이야기에서 말하는 탈무드의 지혜를 수동적으로 이해하는 데서 벗어나야 한다. 수동적으로 이해하면 혀를 조심해서 쓰는 것, 즉 평소에 말을 조심해야 한다는 의미로 받아들일 것이다. 이 경우 우리는 차츰 소극적으로 될 수밖에 없다. 말을 조심해야 한다는 교훈이 처음에는 긍정적이고 유익하게 와닿을 수 있다. 사람을 대할 때 조심하고, 배려하는 마음을 잃지 않는 예의를 배울 수 있다면 이는 분명 사람과 관계 맺기에 큰 도움을 줄 것이다.

하지만 차츰 이러한 수동적 이해만으로는 한계가 있음을 느껴야 한다. 관계를 해치기 싫어서 말을 조심하자는 생각에 사로잡혀 대화하면, 분명 그 관계는 소극적인 사이일 뿐 그 이상으로 발전되기 어렵다. 항상 '내가 이 말을 한다면 저 사람에게는 어떤 의미로 다가갈까' 하는 생각 때문에 깊은 교류를 하기 전에 한계에 부딪히고 마는 것이다.

탈무드의 지혜는 그 한계를 초월하는 방법으로 혀를 조심히 쓰라는 것이 아니다. 더 적극적인 의미에서 행복한 소통의 통로가 되기 위해 말을 조심하라는 교훈을 주는 것이다. 탈무드의 교훈은 같은 것이라도 소극적인 부분과 적극적인 부분으로 관점을 달리하여 받아들일 필요가 있다.

더 친밀해지는 말을 위해

더 친밀해지기 위해 말을 배우고 익히자. 피하지 말고 긍정하기 위해 말을 사용하자. 실수를 줄이는 것만 의식하지 말고, 실수를 정면으로 돌파하고 승화하기 위한 말을 배우자.

살인보다 더한 죄

어느 날, 랍비 학교에서 공부하던 제자가 랍비를 찾아가 물었다.

"저는 세상에서 살인이 가장 큰 죄라고 생각합니다. 그보다 더 큰 죄가 있습니까?"

랍비가 제자에게 바로 답했다.

"속임수다."

"속임수요?"

"속임수를 써서 남을 헐뜯고 책잡는 일이 가장 큰 죄다. 중상모략은 칼로 인간을 해치는 것보다 죄가 더 크지. 직접 육체를 해치지 않았을 뿐, 인간의 영혼을 파괴하기 때문이다."

어떤 일이 있어도 속임수는 안 된다

일상에서 사람을 죽인다는 극단적인 표현은 거의 쓰지 않는다. 살인 사건과 같은 강력 사건은 언론을 통해 접하는 경우가 대부분이다. 하지만 굳이 강력 사건을 찾지 않더라도 우리의 내면에서 벌어지는 일을 들여다보면 타인에게 상처 주는 일이 많음을 충분히 알 수 있다. 사람을 물리적으로 죽이는 행동만이 사람을 해하는 것이 아니다.

사람은 사람에 대한 신뢰를 밑거름 삼아 공동체를 구성하고 함께 더불어 살아간다. 사람은 언제나 사람을 믿고 일하며, 사람을 믿고 사랑하며, 사람을 믿고 미래에 대한 디딤돌을 하나씩 놓는다. 그 디딤돌을 통해 우리는 모두가 함께 공감할 수 있는, 더 나은 사회를 향해 나아갈 힘을 얻는다.

그런데 만약 그 신뢰가 무너진다면 어떻게 될까. 사람이 사람을 믿지 못해 믿기보다는 의심하고 더 나아가 불신의 벽 앞에서 자신을 바라본다면 어떻게 될까? 불신을 마음에 품은 사람은 더는 앞으로 나아가기 어려워질 것이다. 사람을 믿지 못하는데 어떻게 한 발자국이라도 더 앞으로 나아갈 용기를 얻을 수 있단 말인가. 결국, 그렇게 불신의 늪이 깊어질수록 사람을 믿지 못하는 사람은 급격한 좌절과 절망을 겪게 될 것이고, 그 절망은 곧 한 사람의 영

혼을 파괴하는 일이 될 것이다.

탈무드의 지혜는 강하게 경고한다. 어떤 일이 있더라도 속임수는 안 된다고. 사람이 사람을 속이는 일, 더욱이 자신의 유익을 위해 다른 사람을 고립시키고 그 영혼을 파괴하는 일은 안 된다고 말한다. 그것이 바로 탈무드의 지혜가 말하는 기본 예의이다.

속이지 말자, 비록 내가 불리한 상황이더라도

속이는 일을 멈추자. 비록 내가 불리한 상황일지라도 설령 내가 안 좋은 일을 겪게 될지라도, 속이는 일은 나와 너, 우리 모두를 지옥으로 몰아넣는다.

선행의
대가

인적이 드문 거리에서 눈이 먼 노숙자가 그늘에 앉아 있었다. 한참 시간이 흐른 뒤 그곳을 지나가던 두 남자가 노숙자를 발견했다. 한 남자는 노숙자에게 불쌍한 마음을 갖고 동전을 주었지만, 다른 남자는 아무것도 주지 않았다.

그리고 시간이 더 흐른 어느 날이었다. 죽음의 사자가 두 남자에게 나타나 단호하게 말했다.

"불쌍한 노숙자에게 선행을 베푼 자는 앞으로 50년 동안만 날 두려워하면 된다. 하지만 선행을 베풀지 않은 자는 지금 당장 죽게 될 것이다."

그러자 동전을 주지 않았던 남자가 두려움에 떨며 다급히 죽음의 사자에게 말했다.

"지금 당장 돌아가 그 노숙자에게 동전을 주겠습니다. 아니, 동전이 뭡니까? 더 많은 돈을 적선하겠습니다."

"소용없다. 배를 타고 바다로 나아갈 때, 바닥에 구멍이 뚫렸는지 아닌지 미리 살펴본 자와 이미 바다에 나간 다음 살펴보는 자가 어떻게 똑같을 수 있겠는가. 안 그런가?"

지나간 시간에 대한 후회가 의미 있으려면

너무나 당연한 진리이지만 한 번 지나간 시간은 되돌릴 수 없다. 지나간 시간에 대한 미련은 단 하나에만 필요하다. 실수나 후회를 되풀이하지 않기 위해 마음에 새기고 기억하는 일. 그게 지나간 시간을 대하는 우리에게 가장 효율적이고 의미 있는 자세일 것이다.

하지만 지나간 시간에 대한 후회가 유효한 경우 역시 단 하나뿐이다. 후회하고 얻은 깨달음을 머릿속에만 담아 두지 않고 현실에서 실천할 때 비로소 후회가 유의미한 결실로 돌아온다. 우리가 과거의 시간을 지나오면서 저질렀던 잘못이나 실수를 지독히도 후회했다면, 다시는 그런 후회의 시간을 반복하지 않으려면, 그것

을 위해 노력하려는 의지가 반드시 필요하다. 그래야만 지나간 시간에 대한 후회가 의미 있다. 만약 계속 후회만 하고, 후회를 통해 얻은 깨달음을 삶에 적용하지 않는다면, 의미 없는 후회만 마음 가득 쌓일 뿐이다. 그 경우 전혀 예측하지 못한 의외의 결과로 돌아온다. 후회를 반복하다가, 어느 순간부터는 자신이 저지른 행동을 반성하지 않고 정당화하기에 이르는 것이다.

잊지 말아야 한다. 우리는 언제나 후회한다. 후회하지 않는 인생은 없다. 후회의 경험을 더 나은 미래를 만드는 데 사용해야 한다는 것이다. 그럴 때에만 후회가 가치 있다는 사실을 잊지 말자.

후회만 남기지 말자

후회라는 가치를 반드시 변화하고 개선하기 위한 불쏘시개로 삼아야 한다. 그렇지 않으면 그저 후회만 남을 뿐, 아무것도 변하지 않는다.

죽음의
고통과
두려움

탈무드에서 교훈을 찾던 한 사람이 있었다. 그는 친한 친구의 죽음을 경험하고는 큰 슬픔과 좌절에 빠졌다. 그건 분명 견디기 힘든 고통이었다. 그는 고통을 잊기 위해 랍비 학교로 서둘러 돌아갔다. 그리고 자신을 위로해 주기 위해 찾아온 스승 랍비에게 대뜸 이렇게 말했다.

"인간의 죽음을 목격했습니다."

"그랬구나. 어떠했느냐?"

"의문이 생겼습니다. 그것도 아주 깊은 의문입니다."

"어떤 의문인가?"

"인간의 죽음은 다른 생물과 다를 게 없습니다. 그저 비참하고 고통스러울 뿐입니다."

"그래서?"

"죽음은 이토록 고통스러울 뿐인데, 왜 신은 인간에게 죽음을 허락한 것입니까? 도대체 인간이 죽음을 통해 무엇을 얻을 수 있습니까?"

고통과 좌절에 사로잡힌 제자에게 랍비는 부드럽게, 하지만 단호하게 말했다.

"세상에서 가장 큰 고통이 죽음이란 네 깨달음은 정확하다. 바로 그렇기에 죽음이 허락된 것이지."

"네? 그게 무슨 말씀입니까? 선뜻 이해되지 않습니다."

"죽음이라는 가장 큰 고통이 기억될 수밖에 없기에, 우리는 어떠한 불행도 담담히 이겨낼 수 있다. 인생을 살아가면서 겪게 될 그 어떤 불행과 어려움도 죽음의 고통과 두려움에 비하면 아무것도 아니니까."

죽음은 극복하는 것이 아니라 기념하는 가치이다

가만히 생각해 보면 정작 죽음의 순간은 고통과는 거리가 멀다.

고통스러운 것은 죽음에 이르는 과정이다.

죽음과 죽음에 이르는 과정이 엄격하게 구별되지는 않는다. 나이가 들거나 병에 걸렸을 때 혹은 주변 사람이 죽었을 때, 우리는 필연적으로 죽음을 의식하게 된다. 그리고 이 모든 게 죽음에 이르는 과정이란 생각을 하게 된다. 죽음이 두려워서 죽음에 이르는 과정을 어떻게든 줄여 보려고 노력하는 동안 우리는 죽음의 두려움에 더 깊이 사로잡힌다. 안타까운 악순환이 되풀이되는 것이다. 결국 죽음에 이르는 과정을 통해 죽음을 마주하려는 의지 대신에 두려움만 남고 만다.

죽음을 기억하고 의식하는 건 중요하다. 하지만 죽음을 그저 극복해야 하는 대상으로만 생각하고 죽음을 잊기 위해 발버둥 친다면 죽음이 인간에게 가져다주는 진정한 유익은 우리 기억에서 잊힐지도 모른다.

죽음을 잊기 위해 노력하는 모든 행위는 비극이다. 그 자체가 더한 고통이 될 것이다. 탈무드의 지혜는 오히려 반대로 생각하라고 요구한다. 죽음을 기억하고 있는 그대로 받아들일 것. 죽음을 받아들임으로써 자신에게 주어진 하루하루, 순간순간을 의미 있게 기억하고 살아낼 것. 그게 바로 신이 인간에게 죽음을 허락한 참된 의미이다.

죽지 않았기에 오늘도 사랑한다

 "사람은 모두 죽는다"라는 명제로 죽음을 생각하는 건 지나치
게 교훈적이다. 오히려 반대로 생각해 보자. 아직 죽지 않았기에
숨 쉬고 생각하고 말하고, 그리고 사랑하는 거라고. 그럼 우리에게
주어진 삶이 훨씬 더 아름다워 보일 것이다.

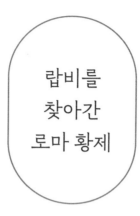

랍비를
찾아간
로마 황제

중세 로마는 당대 문명의 첨단을 걷고 있었다. 더욱이 로마 황제
는 남부러울 것 없는 깊은 지혜를 가진 명망 높은 자였다. 그런 로
마 황제가 식민지 생활을 하는 한 유대교 랍비를 찾아가 자신의
지적 우월을 과시하고자 했다.

"곰곰이 생각해 보니 하나님은 도둑이 맞소."

"그게 무슨 말입니까? 하나님이 도둑이라니요?"

"아담이 잠든 사이에 허락도 없이 갈비뼈를 냅다 뜯어버린 게 도
둑질이 아니고 뭐요?"

랍비는 황제의 악의적인 질문에 잠시 침묵하다가 되물었다.

"제가 황제의 부하 한 명만 빌려도 되겠습니까? 어려운 일이 생겨서 그렇습니다."

"그 어려운 일이라는 게 뭔데 그렇소?"

"어젯밤 우리 집에 도둑이 들어왔습니다."

"저런. 그래서 뭘 훔쳐갔소?"

"그 도둑이 공교롭게도 금고가 놓인 자리에 돈다발을 놓고 갔습니다. 도둑이 어째서 돈을 훔치지 않고 오히려 많은 돈을 놓고 갔는지 그 자초지종을 알고 싶습니다."

그 말을 듣자 황제가 짜증스러운 표정으로 되물었다.

"아니, 지금 누굴 놀리는 거요? 그게 무슨 도둑이고, 어려운 일이란 말이오."

그러자 랍비가 살짝 미소 지으며 답했다.

"놀리다니요. 하나님 역시 아담에게 진짜 축복을 주시려고 도둑처럼 그의 갈비뼈를 훔친 것입니다. 아담이 이 세상 그 어느 것과도 바꿀 수 없는 인생의 축복인 반려자를 만날 수 있게 하기 위해서 말입니다."

"그렇군요."

세상의 모순을 해결하기 위한 첫걸음

우리는 때로 가치에 대한 혼동을 겪는다. 참되고 진실한 가치와 소중한 가치는 분명 똑같은 것이어야 한다. 하지만 자신이 진실하다고 믿는 가치와 소중하다고 믿는 가치 사이에 차이가 생길 경우, 우리의 선택은 진실한 가치보다 소중한 가치로 기우는 경향이 있다.

왜 그럴까? 우리가 소중하다고 생각하는 가치는 자신이 소유하고자 하는, 이것만큼은 절대 빼앗길 수 없다는 이기심과 연결되기 때문이다. 그와 반대로 진실한 가치는 깊이 깨달으면 숙연해지지만, 정작 자신에게 유익하지 않다고 판단하면 멀리하고 싶어지기 때문이다.

굳이 신에 대해 이야기하지 않더라도 우리가 사는 세상은 모순투성이이다. 그러다 보니 갈등과 충돌이 반복된다. 하지만 모순투성이의 실타래를 온통 신의 탓, 운명의 탓으로만 돌린다면 실타래는 더 엉킬 것이다. 앞서 말한 두 가치의 충돌, 진실보다 내 이기심이 낳은 소중함의 가치를 더 신경 쓴다는 사실을 솔직하게 인정해야 한다. 내가 소중하다고 생각하는 걸 잠시 내려놓고 진실을 생각할 때, 비로소 진짜 소중한 것이 무엇인지 선명하게 떠오를 것이다. 랍비의 갈비뼈에 대한 답변이 그러했듯이.

내 책임, 내가 빠지지 않았던 그 모순을 외면하지 말자

　내 인생에 스며든 모순, 갈등을 한번 천천히 들여다보자. 내 책임, 내 원인이 아니었던 갈등이 과연 몇 번이나 있던가. 내 문제를 차분히 거두고 나면 비로소 보이는 하나의 진실이 눈을 뜰 것이다.

일러스트레이터 다양한 소재에서 영감을 받아 자유롭게 그림을 그린다.
허지선 특히, 심리적인 것을 잔잔하게 묘사하는 그림을 즐겨 그린다.
네이버 그라폴리오 '잔상이 머무는 공간'에서 일러스트레이션을
연재했고, 각종 도서와 SNS 컬래버 작업을 이어나가고 있다.
에세이 《괜찮다고 말하지만 사실은》을 펴냈다.

탈무드가 일러주는

치유와 힐링의 시간

초판 인쇄 | 2022년 1월 5일
초판 발행 | 2022년 1월 17일

지은이 | 주원규
펴낸이 | 정은영
책임 편집 | 박지혜
마케팅 | 박선정
표지디자인 | 디자인(★) 규
본문디자인 | 최은숙
일러스트 | 허지선

펴낸곳 | 마리북스
출판등록 | 제2019 - 000292호
주소 | (04037) 서울시 마포구 양화로 59 화승리버스텔 503호

전화 | 02)336 - 0729, 0730
팩스 | 070)7610 - 2870
홈페이지 | www.maribooks.com
Email | mari@maribooks.com
인쇄 | 지엠프린테크(주)

ISBN 979 - 11 - 89943 - 52 - 3 (set)
        979 - 11 - 89943 - 74 - 5   04800